Nicholas Sparks

Né en 1965 dans le Nebraska, Nicholas Sparks a été représentant en produits pharmaceutiques avant de s'imposer comme l'écrivain romantique américain avec *Les pages de notre amour* (Robert Laffont, 1997) ou encore *Une bouteille à la mer* (Robert Laffont, 1999). Il vit aujourd'hui avec sa femme et ses deux enfants en Caroline du Nord.

LE TEMPS
D'UN OURAGAN

NICHOLAS SPARKS

LE TEMPS
D'UN OURAGAN

traduit de l'américain
par Viviane Mikhalkov

ROBERT LAFFONT

Titre original : NIGHTS IN RODANTHE.

© Nicholas Sparks Enterprises, Inc., 2002
Traduction française : Éditions Robert Laffont, S.A., Paris, 2003
ISBN 2-266-14371-9

Pour Landon, Lexie et Savannah

1.

Trois ans plus tôt, lorsqu'elle était venue à l'Auberge, Adrienne Willis l'avait d'abord trouvée inchangée par rapport à sa visite précédente, comme si le soleil, le sable et les embruns étaient impuissants à marquer les lieux de leur empreinte.

C'était en 1999, par une chaude matinée de novembre. La véranda venait d'être repeinte et la façade à deux étages étincelait comme un clavier de piano avec ses persiennes d'un noir brillant de part et d'autre des hautes fenêtres tendues de rideaux blancs. L'allée bordée de cèdres qui menait au garage avait la couleur de la neige sale et les bosquets d'avoine de mer qui flanquaient la maison ondulaient leurs bonjours habituels. De même que par le passé, la dune continuait de modifier sa courbe au fil des jours, imperceptiblement, à mesure que les grains de sable, glissant les uns sur les autres, se décalaient. Le soleil perdu dans les nuages donnait à l'air une texture luminescente au point que des particules de lumière semblaient flotter en suspens dans la brume.

L'espace d'un instant, Adrienne s'était sentie reportée des années en arrière. Mais un examen plus attentif des lieux lui avait révélé des détériorations

9

qu'une réparation superficielle ne suffirait pas à dissimuler : des fissures aux coins des fenêtres, des traces de rouille le long du toit, des taches d'eau près des gouttières. Visiblement, l'Auberge se délabrait.

Trois ans avaient passé et Adrienne avait soixante ans depuis peu. Il lui suffisait de fermer les yeux pour se voir devant la maison, lors de cette dernière visite, papillotant des paupières, comme si ce simple petit mouvement était de taille à défier le temps, à rendre aux lieux leur aspect d'autrefois.

Elle raccrocha le téléphone fixé au mur de la cuisine et alla s'asseoir à la table. Elle venait de parler à sa fille et cette conversation avait fait renaître tous ses souvenirs liés à l'Auberge, son dernier séjour là-bas, mais surtout le long week-end qui avait fait basculer sa vie des années auparavant. Bien des événements s'étaient produits depuis, et pourtant rien n'était parvenu à entamer la conviction d'Adrienne que l'amour était l'essence même d'une vie belle et bien remplie.

Il pleuvait. En entendant le bruit léger des gouttes contre les vitres, elle fut reconnaissante à la pluie de lui être aussi familière. Le rappel des jours anciens éveillait toujours en elle un mélange d'émotions proche de la nostalgie, mais sans en être véritablement. On a souvent tendance à confondre nostalgie et romantisme, se dit-elle. Ces souvenirs-là n'avaient pourtant nul besoin d'être agrémentés d'une touche de romantisme pour être merveilleux. Ni d'être partagés avec qui que ce soit. Ils étaient sa propriété exclusive. Au fil des ans, Adrienne en était venue à les considérer un peu comme des œuvres d'art conservées dans un musée dont elle aurait été à la fois conservatrice et mécène. Bizarrement, elle était persuadée d'avoir plus appris de la vie en ces cinq jours de temps qu'au cours de toutes les années qui avaient précédé et suivi ce long week-end.

Divorcée de Jack depuis maintenant dix-sept ans, Adrienne vivait seule. Son père était mort en 1996 et ses enfants étaient partis à leur tour pour fonder leurs familles. Ses fils lui disaient bien parfois de trouver quelqu'un avec qui finir ses jours, mais elle n'en avait aucune envie. Non par méfiance, loin de là. De temps en temps, au supermarché, il lui arrivait même de suivre des yeux des hommes plus jeunes qu'elle, parfois à peine plus vieux que ses propres enfants. Que penseraient-ils s'ils surprenaient ses regards ? se demandait-elle. Elle aurait bien voulu le savoir. Balaieraient-ils d'emblée cette vieille dame de leurs pensées ? Lui rendraient-ils au contraire son sourire, charmés de susciter son intérêt ? Elle ne savait pas trop. Pas plus qu'elle ne savait s'ils seraient capables de faire abstraction de ses cheveux gris et de ses rides pour voir en elle la femme qu'elle avait été jadis.

Oh ! elle ne regrettait pas le moins du monde ses eunes années. À notre époque où tout ce qui est jeune est systématiquement porté au pinacle, Adrienne n'avait aucun désir de revivre cette période de sa vie. Ses années de femme mûre, peut-être, mais sa jeunesse sûrement pas. Certes, c'était dommage de ne plus être capable d'accomplir certaines choses – comme monter les escaliers quatre à quatre, porter plus d'un sac de provisions à la fois u cavaler dans le jardin derrière ses petits-enfants. Mais ces choses-là, elle en faisait volontiers l'abandon au profit de l'expérience. Et l'expérience ne vient qu'avec les années. Il y a du bonheur à se dire qu'on ne changera pas grand-chose dans sa vie, et ce bonheur-là lui garantissait un sommeil paisible.

La jeunesse est loin d'être toujours facile.

Adrienne ne le savait pas seulement par expérience personnelle, mais parce qu'elle avait vu ses enfants se débattre dans les affres de l'adolescence, puis dans l'incertitude et le chaos qui vont de pair avec les vingt ans et plus. Au point de se demander parfois quand arriverait le jour béni où son boulot de maman cesserait de l'occuper à plein temps. Et, pourtant, deux de ses enfants, Mat et Amanda, avaient déjà la trentaine et Dan n'en était plus si loin.

Ils avaient tous fait des études supérieures et c'était pour elle un sujet de fierté car, à une époque, elle avait bien cru qu'aucun d'eux n'y parviendrait jamais. À trente-deux ans pour Mat, trente et un ans pour Amanda et tout juste vingt-neuf pour Dan, ils étaient honnêtes, gentils et financièrement indépendants, ce qui était en gros l'objectif qu'elle s'était fixé. Mat était comptable, Dan journaliste sportif à Greenville. Tous deux mariés et pères de famille. À les voir courir derrière leur marmaille quand ils venaient pour Thanksgiving, elle ressentait une étrange satisfaction. Oui, les choses avaient bien tourné pour ses fils. Ce n'était pas le cas pour Amanda. Mais il est vrai que les filles sont plus compliquées que les garçons.

Quand Jack avait quitté la maison, les enfants, âgés respectivement de quatorze, treize et onze ans, avaient réagi chacun à leur façon, Mat et Dan en transposant leur agressivité sur les terrains de sport et un peu aussi sur les bancs de l'école. Amanda, la lus sensible des trois, avait eu plus de mal à encaisser le choc, et le fait de se trouver en sandwich entre deux garçons ne lui avait pas facilité les choses. En cette période d'adolescence, elle aurait eu besoin de la présence d'un père, ne serait-ce que pour empêcher l'inquiétude d'Adrienne de se focaliser sur elle. Elle s'était mise à traîner dehors jusque tard le soir, à s'« affubler d'oripeaux », pour reprendre l'expression de sa mère, et à se mourir d'amour une bonne douzaine de fois en deux ans pour des garçons différents. Après l'école, elle s'enfermait dans sa chambre pour écouter une musique si forte que les murs en tremblaient, et il fallait l'appeler cent fois avant qu'elle n'ait la grâce de bien vouloir descendre dîner. Elle pouvait rester des jours entiers murée dans le silence, sans échanger trois mots avec sa mère ou ses frères.

La crise avait duré plusieurs années avant qu'Amanda trouve sa voie et finisse par s'installer dans une vie étrangement semblable, de l'avis d'Adrienne, à celle qu'elle-même avait vécue à une époque de son passé. Mariage avec un étudiant de son université à peine leurs diplômes en poche, et deux enfants dans la foulée. Comme bien des jeunes couples, Brent et Amanda avaient mangé de la vache enragée. De tempérament prévoyant, à l'inverse de Jack, Brent avait souscrit une assurance vie dès la naissance du premier bébé. Par précaution tout simplement, sans imaginer un seul instant que sa femme ou lui pourraient en bénéficier avant très, très longtemps. Bien lui en avait pris. Un cancer des testicules fulgurant l'avait emporté très jeune. Cela faisait maintenant huit mois. Depuis, Amanda avait sombré dans la dépression.

Hier encore, quand elle lui avait ramené ses deux bambins après avoir passé l'après-midi avec eux, Adrienne avait trouvé la véranda allumée, les rideaux de la maison tirés et sa fille en peignoir assise dans le noir au milieu du salon, avec ce même air absent qu'elle avait le jour de l'enterrement.

C'est à ce moment-là, debout dans le salon d'Amanda, qu'Adrienne avait pris la décision de lui raconter son passé. Le temps était venu de le faire.

Quatorze ans déjà, quatorze années écoulées depuis ce week-end. Durant toute cette période, Adrienne n'avait raconté qu'à une seule personne ce qui s'était passé, son père. Et celui-ci avait emporté le secret dans la tombe, incapable de le confier à quiconque quand bien même l'eût-il voulu.

Bien qu'elle ait eu d'excellents rapports avec sa mère, morte quand elle avait trente-cinq ans, Adrienne s'était toujours sentie plus proche de son ère. À ses yeux, c'était l'un des deux seuls hommes au monde à l'avoir véritablement comprise. Comme bien des hommes de sa génération, il avait appris un métier au lieu de faire des études et il avait passé quarante ans de sa vie dans une usine de meubles pour un salaire horaire qui augmentait de quelques cents une fois par an, au mois de janvier. Aussi loin qu'elle se souvienne, il portait une salopette, même pendant les chauds mois de l'été. Le matin, sur le coup de six heures, il partait de chez lui, lesté d'une gamelle au couvercle grinçant, et couvrait à pied les deux kilomètres et demi qui le séparaient de son lieu de travail. Le soir, après le dîner, un cardigan passé sur sa chemise à manches longues, il allait s'asseoir dans son fauteuil près du lampadaire jaune et lisait des romans d'aventures ou des livres sur la Seconde Guerre mondiale. Au fil des années, il avait l'air de plus en plus négligé dans sa salopette froissée, et cela avait empiré après la mort de sa femme. Avec ses lunettes démodées, ses sourcils broussailleux et ses rides profondes, il s'était mis à ressembler bien plus à un professeur d'université à la retraite qu'à un ancien ouvrier.

Il y avait en lui une quiétude qu'Adrienne avait toujours enviée. Les gens qui le voyaient pour la première fois le quittaient en général avec l'impression d'avoir rencontré un homme en paix avec lui-même

14

et le reste du monde. Il savait écouter. En le voyant, le menton dans la main, fixer son interlocuteur sans jamais dévier le regard tandis que sur son visage se reflétaient tour à tour compassion, patience, humour ou tristesse, Adrienne se disait qu'il aurait fait un excellent homme de Dieu. Sa mort avait laissé un grand vide dans sa vie.

Aujourd'hui, en particulier, elle regrettait infiniment qu'il ne soit pas là pour soutenir Amanda dans son épreuve. Lui aussi avait perdu la compagne de sa vie, il savait combien c'était douloureux. Ne serait-ce que pour cela, Amanda l'écouterait. Alors que le mois dernier, quand Adrienne avait voulu lui exprimer sa tendresse, lui faire sentir qu'elle comprenait son chagrin, Amanda s'était levée de table en jetant d'un air fâché :

– Ça n'a rien à voir avec ce que tu as connu quand papa t'a quittée. Vous, vous n'avez pas su régler vos problèmes, c'est pour ça que vous avez divorcé. Mais moi, j'aimais Brent et je l'aimerai toujours. Sauf que, maintenant, il est mort. Pour savoir ce que c'est, il faut être passé par là.

Adrienne n'avait pas répondu. Elle avait baissé la tête et chuchoté un mot, un seul, après qu'Amanda avait quitté la pièce.

Rodanthe.

Si Adrienne compatissait à la douleur de sa fille, elle n'était pas pour autant aveugle à ce qui se passait autour d'elle. Ses petits-enfants l'inquiétaient. Max et Greg, qui n'avaient que six et quatre ans, avaient bien changé au cours des huit derniers mois, ils étaient devenus silencieux et renfermés. Cet automne, ni l'un ni l'autre n'avait voulu jouer au foot. Max travaillait bien en classe, certes, mais il pleurait tous les matins au moment d'aller à l'école. Quant à Greg, il avait recommencé à faire pipi au lit et entrait dans des colères folles à la moindre contradiction. La disparition de leur père y était pour beaucoup, bien sûr, mais il n'y avait pas que cela. Il y avait aussi l'attitude d'Amanda.

N'ayant plus besoin de travailler grâce à l'assurance vie, elle était loin d'être débordée. Mais voilà, elle n'avait plus goût à rien.

Les deux premiers mois après la mort de Brent, Adrienne était passée presque chaque jour chez sa fille pour mettre de l'ordre dans les factures ou préparer le repas des enfants pendant qu'Amanda dormait ou pleurait dans sa chambre. Elle l'avait soutenue à tout moment, l'avait écoutée quand elle voulait parler, l'avait forcée à sortir au moins une heure ou deux par jour, dans l'espoir qu'une promenade au grand air lui redonnerait le goût de vivre.

Au début de l'été, Amanda avait recommencé à sourire, rarement d'abord, puis un peu plus souvent. Elle s'était aventurée en ville à plusieurs reprises et avait même emmené les enfants faire du patin. Tant et si bien qu'Adrienne s'était peu à peu dessaisie des fonctions dont elle s'était chargée. Il était important que sa fille prenne en main ses nouvelles responsabilités de chef de famille. Et puis il y a dans l'accomplissement du train-train quotidien un certain réconfort, Adrienne le savait par expérience. En interférant moins dans la vie d'Amanda, peut-être que celle-ci s'en rendrait compte à son tour. Elle semblait déjà aller beaucoup mieux, ce qui réjouissait Adrienne.

Mais, au mois d'août, le jour où Amanda aurait dû fêter son septième anniversaire de mariage, patatras ! En voyant la poussière accumulée sur les épaules des costumes de Brent dans l'armoire de la chambre à coucher, elle s'était effondrée. Depuis, son état avait cessé de s'améliorer. Il ne s'agissait pas d'une régression à proprement parler, car il y avait encore des moments où Amanda était comme avant le drame. Cependant, la plupart du temps, elle semblait ailleurs, figée, inaccessible. Ni déprimée ni joyeuse, ni passionnée ni apathique, ni intéressée ni ennuyée. Simplement, plus rien ne la touchait. À croire qu'elle craignait de ternir ses souvenirs de Brent en allant de l'avant dans sa vie et avait décidé de tout faire pour que cela ne se produise pas. Du moins, telle était la conclusion d'Adrienne.

Mais ce n'était pas juste envers ses deux petits garçons. Ils avaient besoin des conseils et de l'amour de leur mère, besoin de toute son attention. Besoin qu'elle leur dise que la vie continuait et que ça irait mieux. Ils souffraient assez de n'avoir plus de père. Devaient-ils aussi perdre leur mère ?

Une douce pénombre avait envahi la cuisine. Adrienne jeta un coup d'œil à la pendule. À sa demande, Dan avait emmené Max et Greg au cinéma afin qu'elle puisse passer la soirée en tête à tête avec Amanda. Inquiets pour leurs neveux, Dan et Mat se donnaient du mal pour égayer leur vie, mais ils ne cachaient pas à Adrienne leur angoisse au sujet de leur sœur. Le plus souvent, la conversation se terminait par : « Que faire ? »

Lorsque Dan lui avait répété cette phrase ce matin, Adrienne avait répondu qu'elle allait parler à Amanda. Dan était resté sceptique : tous les gens autour d'elle ne faisaient que cela. Adrienne lui avait assuré que, cette fois, le résultat serait différent. Dan n'avait pas semblé convaincu.

Adrienne ne se faisait guère d'illusions quant à

l'opinion de ses enfants sur elle. Ils l'aimaient, bien sûr, et la respectaient en tant que mère, mais ils ne la connaîtraient jamais vraiment. Pour eux, elle était gentille mais prévisible, douce et équilibrée, une femme bienveillante, vestige d'une autre ère, qui avait traversé la vie sans rien perdre de sa naïve vision du monde. Certes, tout dans son extérieur incitait à le croire : ses mains aux veines un peu saillantes, sa silhouette plus proche du cube que du sablier et ses verres de lunettes chaque année plus épais. Cependant, quand elle repérait sur les visages de ses enfants ce petit air guilleret censé la mettre de bonne humeur, elle devait souvent se retenir pour ne pas leur éclater de rire au nez.

Leur erreur, à son avis, venait en partie de ce qu'ils voulaient la voir d'une certaine façon. Pour simplifier, ils lui collaient une image toute faite, conforme aux idées qu'ils se faisaient des dames de son âge. Il est plus commode de prêter à sa mère de la sérénité plutôt que de la témérité, plus facile de la considérer comme quelqu'un d'appliqué plutôt que susceptible de commettre d'incroyables folies. N'ayant nul désir de changer leur opinion, Adrienne demeurait fidèle à cette image de mère aimante, prévisible, douce et équilibrée, qu'elle était d'ailleurs, en vérité.

Amanda serait là d'une minute à l'autre. Adrienne sortit du réfrigérateur une bouteille de pinot grigio et la posa sur la table. La maison s'était refroidie depuis l'après-midi et, en se rendant à sa chambre, elle monta le thermostat.

Cette chambre, autrefois partagée avec Jack, était à présent son domaine exclusif. Depuis son divorce, elle l'avait redécorée deux fois. Adrienne s'avança vers le lit à baldaquin, son rêve depuis qu'elle était enfant, et attrapa la petite boîte à secrets cachée dessous, contre le mur. L'ayant posée à côté d'elle sur l'oreiller, elle l'ouvrit.

Ce coffret contenait ses trésors : le mot qu'il lui avait laissé en quittant l'Auberge, une photo de lui à l'hôpital de campagne et la lettre qu'il lui avait envoyée un peu avant Noël. En dessous, séparés par le gros coquillage qu'ils avaient trouvé ensemble sur la plage, il y avait deux petits paquets : ses lettres à lui, ses lettres à elle.

Le mot, Adrienne le sortit de la boîte, puis elle fit de même avec une enveloppe choisie dans l'une des piles. Que cette lettre l'avait émue, la première fois qu'elle l'avait lue ! se dit-elle en dépliant la feuille à l'intérieur de l'enveloppe. Le papier, usé, était écorné sur les bords et l'encre avait passé, mais le texte était encore lisible.

Chère Adrienne,
Je n'ai jamais été très doué pour la correspondance, alors j'espère que tu me pardonneras si je suis un peu confus.

Arrivé à destination ce matin – à dos d'âne, le croiras-tu ! –, j'ai découvert le cadre où ma vie va se dérouler pendant un certain temps. J'aimerais pouvoir te dire que j'ai été heureusement surpris, hélas ! c'est impossible. L'hôpital manque d'à peu près tout – médicaments, équipement et lits indispensables. J'ai rencontré le directeur et je pense que j'arriverai à régler ce problème, en partie tout au moins. Il y a bien l'électricité, fournie par un générateur, mais pas le téléphone, de sorte que je n'aurai pas la possibilité de t'appeler, sauf d'Esmeraldas. C'est à deux jours de cheval d'ici, et la prochaine virée là-bas pour approvisionnement n'aura pas lieu avant plusieurs semaines. J'en suis le premier désolé, mais nous avions évoqué ensemble cette éventualité.

19

Je n'ai pas encore vu Mark. Il est parti pour un dispensaire au fin fond des montagnes et ne sera pas rentré à la base avant tard ce soir. Je te raconterai l'entrevue, bien que je n'en attende pas grand-chose dans l'immédiat. Comme tu l'as dit, je crois qu'il faudra laisser passer un peu de temps et attendre de nous connaître avant d'espérer régler nos problèmes.

Je serais bien incapable de te dire le nombre de patients que j'ai vus aujourd'hui. Plus de cent, je suppose. Cela fait bien longtemps que je n'avais pas examiné de malades de cette manière, ni rencontré de maladies semblables. L'infirmière connaissait son boulot et elle m'a bien aidé quand je me sentais dépassé. Je crois qu'elle était sacrément contente de me voir, elle aussi.

Depuis mon départ, je ne cesse de penser à toi. Je tente de comprendre comment il se fait que tu m'apparaisses comme une étape essentielle dans ce voyage que j'entreprends. Je sais que je ne suis pas au bout de ma route et que la vie est un long cheminement. Espérons qu'il me ramènera au lieu d'où je viens. C'est ainsi que je vois les choses en ce moment.

Nous sommes faits l'un pour l'autre. Pendant que je roulais en voiture, mais aussi en plein ciel, dans l'avion, je me suis imaginé débarquant à Quito et t'apercevant au milieu de la foule des gens venus accueillir amis et parents. C'était impossible, bien sûr, mais, bizarrement, ça m'a rendu la séparation plus facile. Comme si une partie de toi m'accompagnait dans ce voyage.

Je veux croire que c'est vrai. Non, barre ça ! Je sais que c'est vrai. Avant de te rencontrer, j'étais complètement perdu, mais tu as vu quelque chose en moi et cela m'a fait, si l'on peut dire, retrouver le cap. Comme tu le sais, j'étais venu à Rodanthe pour une raison précise. Pourtant, je ne peux m'empêcher de penser que des forces plus puissantes que ma volonté s'étaient unies pour m'attirer là-bas. Je croyais y aller dans l'intention de clore un chapitre de ma vie, porté par l'espoir que cela m'aiderait à trouver ma voie. Il me semble à présent que c'était parce que je te cherchais depuis toujours. Et, maintenant, tu es avec moi.

Tu sais comme moi que je dois passer un certain temps ici. J'ignore quand je reviendrai. J'ai beau ne pas t'avoir quittée depuis bien longtemps, je me rends déjà compte que tu me manques comme jamais personne ne m'a manqué. Une part de moi rêve de sauter dans le premier avion pour venir te voir, là, tout de suite. Si ce sentiment est aussi vrai que je le crois, je suis sûr que nous saurons venir à bout de tous les obstacles. Je reviendrai, je te le jure. Dans le court laps de temps que nous avons passé ensemble, nous avons connu ce que la majorité des gens ose à peine rêver connaître un jour. Je compte les jours jusqu'à notre prochaine rencontre. N'oublie jamais combien je t'aime.

Paul

Sa lecture terminée, Adrienne mit la lettre de côté et prit le coquillage, cette conque contre laquelle ils avaient trébuché ensemble, un dimanche après-midi, il y avait tant d'années de cela. Il avait toujours cette odeur de sel, de temps arrêté et de vie originelle. De taille moyenne, il était de forme parfaite et sans la moindre fissure, ce qui faisait de lui un objet quasi introuvable aux Outer Banks, en ce lieu battu par les vagues toujours déferlantes, surtout après un ouragan. Un présage, avait-elle pensé alors. Elle se rappela qu'après l'avoir porté à son oreille et dit qu'elle entendait l'océan, Paul avait ri et répondu qu'en effet c'était bien l'océan. « C'est marée haute, tu n'avais pas remarqué ? » avait-il chuchoté en la serrant contre lui.

Adrienne fouilla parmi ses trésors et sélectionna

plusieurs lettres dont elle aurait besoin pour sa conversation avec Amanda. Dommage qu'elle n'ait pas le temps de s'occuper du reste pour l'instant. Peut-être, plus tard ce soir, se dit-elle. Elle rangea le courrier qu'elle n'emportait pas dans le tiroir du bas de sa commode. Amanda n'avait pas besoin de le voir. Attrapant son coffret, elle se leva du lit et lissa sa jupe.

Sa fille n'allait pas tarder à arriver.

2.

De la cuisine, Adrienne entendit la porte d'entrée s'ouvrir et se refermer. L'instant d'après, Amanda traversait le salon.

– Maman ?

Adrienne déposa le coffret sur le plan de travail.

– Je suis là, dit-elle en élevant la voix.

Ayant poussé les portes battantes, Amanda découvrit sa mère assise à la table, une bouteille de vin non débouchée devant elle

– Qu'est-ce qui se passe ? demanda-t-elle.

Adrienne sourit. Que sa fille était jolie ! Avec ses cheveux châtain clair, ses yeux noisette et ses pommettes hautes, elle avait toujours été ravissante. Bien qu'elle ait trois centimètres de moins que sa mère, elle paraissait plus grande en raison de son maintien de danseuse. Elle était mince, aussi, un peu trop peut-être, mais Adrienne avait appris à garder pour elle ses commentaires.

– Je voulais te parler, dit-elle.

– De quoi ?

En guise de réponse, Adrienne désigna la table.

– Assieds-toi, va.

Amanda obtempéra. De près, on remarquait ses traits tirés. Adrienne allongea le bras pour lui prendre la main. Elle la serra sans rien dire puis, la lâchant à contrecœur, elle tourna la tête vers la fenêtre. Pendant un long moment, un silence total régna sur la cuisine.

– Maman ? finit par demander Amanda. Tu vas bien ?

Adrienne hocha la tête, les yeux fermés.

– Très bien. Je me demandais seulement par où commencer.

Amanda se raidit légèrement.

– C'est à propos de moi, encore ? Parce que si c'est le cas...

Adrienne la coupa en secouant la tête.

– Non, c'est à propos de moi. Je voudrais te parler de quelque chose qui s'est passé il y a quatorze ans.

Amanda inclina la tête, et, dans cette cuisine si familière à toutes les deux, Adrienne débuta son récit.

3.

Rodanthe, 1988

Le ciel était tout gris quand Paul Flanner sortit de
chez son avocat. Remontant la fermeture Éclair de
son blouson, il fendit la brume jusqu'à sa Toyota
Camry de location et s'installa au volant.

En apposant sa signature au bas du contrat de
vente au cours de cet ultime entretien, il venait de
mettre un point final à la vie qu'il avait menée vingt-
cinq années durant. En un mois de temps, il s'était
défait de ses deux voitures et de son cabinet de
médecin. Ce matin-là, au début du mois de janvier
1988, c'était le tour de sa maison.

Il s'était souvent demandé l'impression que cela
lui ferait de vendre son toit mais, au moment de
tourner la clef dans la serrure, il n'avait pas éprouvé
grand-chose, sinon un vague sentiment d'accomplissement. Plus tôt dans la matinée, il avait fait une
dernière fois le tour des pièces, espérant se rappeler
des moments de sa vie. Il s'était attendu à revoir
l'arbre de Noël au pied de l'escalier et son fils tout
excité descendant les marches à pas feutrés pour voir
les cadeaux du Père Noël ; à retrouver dans la cuisine

des odeurs de Thanksgiving ou de dimanches après-midi pluvieux, quand Martha faisait mijoter un ragoût. Il s'était dit qu'en tendant l'oreille, il percevrait à nouveau les bruits de voix provenant du salon où sa femme et lui avaient donné d'innombrables soirées.

Mais aucun souvenir n'était ressuscité pendant qu'il passait d'une pièce à l'autre. Il avait eu beau marquer un arrêt ici ou là, fermer les yeux, sa maison n'était plus qu'une coquille vide. Le constatant, il s'était demandé pour la énième fois ce qui avait bien pu le pousser à y vivre aussi longtemps.

Paul quitta le parking et se mêla à la circulation. Évitant les bouchons des banlieusards qui gagnaient la ville, il prit la direction de l'autoroute. Vingt minutes plus tard, il bifurquait sur la 70, une route à deux voies qui filait au sud-est, vers la côte de Caroline du Nord. Ses deux grands sacs en tissu étaient posés sur la banquette arrière ; la pochette en cuir sur le siège du passager contenait son passeport et son billet d'avion. Quant à sa trousse de médecin, elle était dans le coffre, avec les colis qu'on lui avait demandé d'emporter.

L'hiver était bel et bien là, ce camaïeu de blanc et de gris du ciel ne laissait planer aucun doute. Il avait plu toute une heure ce matin et le vent du nord augmentait la sensation de froid. Comme la circulation fluide n'exigeait pas de concentration particulière, Paul enclencha la vitesse de croisière un peu au-dessus de l'allure autorisée et laissa ses pensées revenir sur ce qu'il avait accompli avant de monter en voiture.

Britt Blackerby, son avocat et ami depuis des années, avait tenté une dernière fois de le faire changer d'avis. Lorsque, six mois plus tôt, Paul l'avait informée de sa décision, Britt avait éclaté de rire :

« On en reparlera quand les poules auront des dents ! » Ce n'est qu'après avoir scruté le visage de Paul assis en face de lui, de l'autre côté du bureau, qu'il avait compris que celui-ci ne parlait pas pour ne rien dire.

Comme de juste, Paul s'était rendu à l'entrevue parfaitement préparé. Une habitude, une manie, presque. Tendant à Britt un texte de trois feuillets proprement tapé à la machine, il avait embrayé sur ce qu'il considérait raisonnable comme prix et sur ce qu'il pensait des propositions déjà reçues. Après avoir étudié attentivement les clauses des contrats, Britt avait relevé la tête et demandé :

– C'est à cause de Martha que tu fais ça ?

– Non, c'est quelque chose que je dois faire.

Paul alluma le chauffage et tint sa main devant le ventilateur pour se dégourdir les doigts. Quand reverrait-il Raleigh ? se demanda-t-il en apercevant les gratte-ciel dans le rétroviseur.

C'était un couple jeune et dynamique qui avait acheté sa maison : le mari haut responsable chez Glaxo, la femme psychologue. Ils l'avaient visitée le jour même de sa mise en vente et de nouveau le lendemain. Dans les heures suivantes, ils avaient fait une proposition. Ils avaient été les premiers à visiter les lieux, les seuls, d'ailleurs.

Paul n'avait pas été surpris qu'ils se décident aussi rapidement. Présent lors de la seconde visite, il avait tout de suite compris qu'ils achèteraient la maison, malgré leurs efforts pour masquer leur excitation. Pendant toute une heure, ils avaient examiné les divers équipements. Paul leur avait expliqué le fonctionnement du système d'alarme et l'ouverture de la grille de la résidence. Il leur avait donné la carte de visite de son paysagiste et le nom de la société chargée de l'entretien de la piscine dont le contrat courait toujours. Il avait précisé que le marbre de l'entrée avait été importé d'Italie et les vitraux des fenêtres spécialement fabriqués par un artisan de Genève. Dans la cuisine refaite à neuf à peine deux ans plus tôt et équipée d'éléments dernier cri, dont un réfrigérateur Sub-Zero et une plaque de cuisson Viking, il avait déclaré : « Faire à dîner pour vingt personnes ou plus n'est vraiment pas un problème. » Il avait vu leurs yeux s'attarder sur les moulures et la peinture à l'éponge de la chambre à coucher principale et de sa salle de bains, et il avait noté leur admiration dans les autres chambres. Au rez-de-chaussée, il leur avait indiqué que les meubles avaient été faits sur mesure et que le lustre était en cristal, et il les avait laissés examiner à leur guise le tapis persan et la table en merisier de la salle à manger. Tout en passant la main sur le lambris en érable de la bibliothèque, le mari avait demandé, les yeux rivés sur la lampe Tiffany posée sur le bureau :

– Et le prix comprend l'ensemble du mobilier ?

Paul avait acquiescé d'un hochement de tête. En sortant de la pièce, il avait surpris leurs chuchotements ravis.

Ce n'est qu'une heure plus tard, sur le pas de la porte, que le couple avait enfin posé la question que Paul attendait depuis le début de la visite.

– Pour quelle raison vendez-vous cette maison ?

Tout en conduisant, Paul se rappela qu'il avait regardé le mari en se disant qu'il y avait dans sa phrase plus que de la simple curiosité. Vendre une telle demeure pouvait sembler scandaleux, en effet. Surtout à ce prix, bien inférieur à celui du marché, et qui incluait l'ensemble du mobilier.

Il aurait pu répondre que cette maison était trop grande pour lui maintenant qu'il était seul ; qu'elle convenait mieux à quelqu'un de plus jeune à cause des escaliers ; qu'il avait l'intention de s'en faire construire une autre ; qu'il voulait changer d'environnement. Ou encore qu'il voulait prendre sa retraite et qu'une maison de cette taille représentait trop de travail. Mais aucune de ces raisons n'était vraie. Plantant ses yeux dans ceux du mari, il avait répondu par une autre question.

– Et vous, pourquoi voulez-vous l'acheter ?

Le mari avait pris le temps d'interroger du regard son épouse, une jolie brune du même âge que lui, environ trente-cinq ans. Il était bel homme lui aussi et se tenait très droit. Le genre de type sûr de lui – un battant, de toute évidence. Pendant un moment, le couple avait semblé se demander ce que Paul entendait en posant cette question.

– C'est le genre de maison dont nous avons toujours rêvé, avait fini par répondre la femme.

Paul avait hoché la tête. Lui aussi avait éprouvé ces sentiments-là. Autrefois, tout au moins, jusqu'à ces six derniers mois. Et il avait dit :

– Alors, j'espère qu'elle vous apportera le bonheur.

Sur ce, le couple avait pris congé. Les suivant des yeux pendant qu'ils regagnaient leur voiture, Paul avait agité la main. C'est avec une boule dans la gorge qu'il avait refermé sa porte. Rentré dans la maison, une émotion bizarre s'était emparée de lui, un drôle de désarroi qu'il avait déjà ressenti une fois en se regardant dans la glace. Et, pour une raison qu'il ne pouvait véritablement expliquer mais qui était liée au mari, il avait senti ses yeux se remplir de larmes.

La route passait par Smithfield, Goldsboro et Kinston, petites villes séparées les unes des autres par cinquante kilomètres de champs de coton et de tabac. Il avait grandi dans cette partie du monde, dans une petite ferme du côté de Williamston, et il connaissait bien la région. De longs rangs de pins Loblolly délimitaient les parcelles sur lesquelles s'élevaient çà et là des granges et des fermes vétustes. Les chênes du bord de la route portaient de grosses boules de gui en haut de leur ramure dénudée.

À l'heure du déjeuner, Paul s'arrêta à New Bern, une bourgade pittoresque bâtie au confluent de la Neuse et de la Trent. Dans une épicerie du quartier historique, il s'acheta un sandwich et une tasse de café qu'il avala dehors malgré le froid, assis sur un banc, non loin du Sheraton, d'où il avait vue sur le port. Des bateaux amarrés dans leurs cales balançaient légèrement sous la brise.

À chaque bouchée, un chapelet de petits nuages s'échappait de ses lèvres. Son sandwich terminé, il retira le couvercle du gobelet. Regardant sans la voir la volute de vapeur qui montait du café, il s'interrogea sur la suite d'événements qui l'avaient mené à ce point de sa vie.

Un voyage long et ardu. Fils unique d'un père ouvrier agricole, il n'avait pas connu sa mère, morte en couches. Son enfance n'avait pas été facile. L'été, au lieu d'aller jouer au base-ball avec ses copains ou de taquiner la perche et le poisson-chat, il restait ses douze heures par jour à trier les feuilles de tabac et à les nettoyer de leurs charançons sous un soleil de plomb qui lui tannait la peau du dos. Il se plaignait parfois, comme tous les enfants, mais en règle générale il ne rechignait pas au labeur. Il savait que son père avait besoin de lui, et son père était bon. C'était un homme patient, gentil, qui ne parlait jamais sans une bonne raison, comme son père avant

30

lui. La plupart du temps, leur petite maison baignait dans une quiétude qu'on ne trouve d'ordinaire qu'à l'église. En dehors d'une ou deux questions sur l'école et les travaux aux champs, seul le heurt des couverts sur l'assiette ponctuait le dîner. La vaisselle terminée, ils émigraient dans la pièce principale où le père se plongeait dans des papiers et des factures et Paul dans ses manuels de classe. Ils n'avaient pas la télévision et n'allumaient la radio que pour connaître la météo.

Ils étaient pauvres. Si Paul n'avait jamais connu la faim et avait toujours dormi dans une chambre chaude, il avait souvent été gêné d'être vêtu comme il l'était et de ne pouvoir, faute d'argent, s'acheter au drugstore une douceur ou un Coca comme ses camarades. Quand il était la cible de remarques sournoises, il ne répondait pas mais redoublait d'acharnement dans ses études. Comme s'il voulait prouver au monde entier qu'il se moquait de l'opinion des gens. Ses bulletins scolaires faisaient la fierté de son père. Pourtant, celui-ci les signait avec un air mélancolique, devinant probablement que toutes ces bonnes notes finiraient par éloigner à tout jamais son fils de la ferme.

Cette ténacité acquise aux champs, Paul la manifestait dans tous les domaines. Il n'avait pas seulement terminé l'école major de sa promotion, il était aussi devenu un athlète accompli. Au collège, quand on avait refusé de l'intégrer dans l'équipe de football sous prétexte qu'il était en première année, l'entraîneur lui avait conseillé de se rabattre sur le cross. Paul n'avait pas tardé à comprendre qu'à la course la victoire dépendait de l'entraînement et non des caractères génétiques du sportif. En conséquence, il s'était fixé un emploi du temps draconien et s'entraînait deux fois par jour, se levant tous les matins à cinq heures. Ce régime avait porté ses fruits. Accepté à Duke University grâce à ses qualifications sportives, il s'était vu attribuer la bourse la plus élevée. Quatre ans d'affilée, il avait non seulement compté parmi les meilleurs coureurs de cross, il avait aussi été un élève brillant. Tout au long de ces années-là, il ne s'était autorisé qu'une seule entorse à sa règle et avait failli en mourir. Résultat, il n'avait jamais recommencé. Comme spécialité, il avait choisi chimie et biologie – deux domaines au lieu d'un seul, contrairement à ses condisciples – et il avait obtenu son diplôme avec la plus haute mention. La même année, il avait également fini troisième au championnat national de cross et s'était vu décerner le titre de *All-American*.

En offrant sa médaille à son père, il avait déclaré :
– C'est pour toi que je l'ai remportée.
– Non, avait répondu son père, tu as couru pour toi. J'espère seulement que tu cours aussi vite pour atteindre un but, et non pour fuir quelque chose.

Cette nuit-là, dans son lit, les yeux fixés au plafond, Paul avait tenté de comprendre ce que son père voulait dire. Pour autant qu'il le sache, il avait un but : obtenir tout ce qui était à portée de sa main. Une vie plus facile. L'aisance financière pour lui-même et pour son père. Le respect des autres. L'absence de souci. Le bonheur.

En dernière année de collège, il avait été admis à l'école de médecine Vanderbilt dès le mois de février. Sitôt qu'il avait appris la nouvelle, il était allé l'annoncer à son père. Celui-ci s'était dit heureux pour lui. Mais plus tard dans la nuit, à une heure à laquelle ce paysan usé aurait dû être au lit et dormir, Paul l'avait aperçu par la fenêtre de sa chambre en train de contempler son champ – silhouette solitaire près de la barrière. Trois semaines plus tard, le vieil homme décédait, terrassé par une crise cardiaque alors qu'il labourait sa terre en vue des semailles.

Bien que bouleversé, Paul n'avait pas pris le temps de faire son deuil. Balayant ses souvenirs, il s'était jeté encore plus aveuglément dans le travail. Comme il s'était inscrit à Vanderbilt avant le début de l'année scolaire, il avait passé trois UV pendant la session d'été de façon à prendre de l'avance sur le programme. En automne, il avait rajouté des cours à son emploi du temps déjà chargé.

De cette époque, Paul ne gardait qu'un souvenir embrumé de cours, d'expériences au labo et de bachotage jusqu'au petit matin, ponctués par ses huit kilomètres de course à pied quotidiens qu'il couvrait en chronométrant systématiquement ses temps afin de les améliorer l'année suivante. Il évitait les bars et les boîtes de nuit et ne participait pas davantage aux soirées organisées par les diverses équipes sportives de l'école de médecine. Il s'était bien acheté une télévision, sur un coup de tête, mais il l'avait revendue un an plus tard sans même l'avoir déballée du carton.

Timide avec les filles, il avait été présenté à Martha par un copain. C'était une blonde de Géorgie au caractère placide, qui travaillait à la bibliothèque. Voyant qu'il ne se décidait pas à lui proposer de sortir avec elle, elle avait fini par lui faire des avances. Ensuite, bien qu'un peu effrayée par son rythme de vie effréné, elle avait néanmoins accepté de l'épouser. Dix mois plus tard, ils passaient devant monsieur le maire. Comme les examens approchaient, Paul avait reporté la lune de miel à une date ultérieure, promettant à Martha de l'emmener dans un endroit sympa. Cela ne s'était jamais fait. Mark était né l'année suivante. En deux ans, Paul n'avait pas changé ses couches une seule fois ni ne l'avait bercé pour l'endormir. À la place, il bûchait sa chimie et son anatomie à la table de la cuisine, plongé dans ses équations et ses diagrammes. Moyennant quoi, il avait passé tous ses examens avec les meilleures notes.

Son diplôme en poche – décroché en trois ans, s'il vous plaît, et au meilleur rang de sa promotion –, Paul avait déménagé sa petite famille à Baltimore en vue de faire son internat à l'université Johns Hopkins.

Chirurgie, telle était sa vocation. Une vocation qui s'était précisée quand il avait compris qu'en médecine bon nombre de spécialisations requièrent une implication personnelle de la part du praticien. Et Paul, justement, n'était pas très doué pour tapoter la main des malades. En chirurgie, les patients s'inquiètent moins des talents de communication du praticien. Ce qu'ils veulent, c'est un scalpel tenu par des doigts infaillibles. Ayant une confiance en soi suffisante pour rassurer les malades avant l'opération, et la compétence nécessaire pour mener à bien l'intervention à toutes ses étapes, Paul avait connu le succès. Pendant ses deux années d'internat, il avait travaillé quatre-vingt-dix heures par semaine, ne dormant que quatre heures par nuit. Curieusement, la fatigue semblait n'avoir pas prise sur lui.

Après une spécialisation en chirurgie du crâne et de la face, il avait de nouveau transporté ses pénates, à Raleigh cette fois, où il s'était associé avec un collègue. Seuls spécialistes dans ce domaine, leur cabinet s'était d'autant plus développé qu'on était en plein baby-boom. À trente-quatre ans, Paul avait remboursé son emprunt d'étudiant et, à trente-six, pratiquait des interventions dans tous les hôpitaux importants de la région – principalement au centre médical de l'université de Caroline du Nord. C'est d'ailleurs là qu'il avait participé à une étude sur les neurofibromes menée conjointement avec des médecins de la clinique Mayo. Le *New England Journal of Medicine* avait publié une communication de lui sur les palais fendus. Quatre mois plus tard, un article sur les hémangiomes, qui devait contribuer à redéfinir les procédures chirurgicales en matière d'intervention sur les enfants en bas âge, avait définitivement assis sa réputation. Par la suite, il avait même fait la une du *Wall Street Journal*, pour avoir opéré avec succès la fille du sénateur Norton défigurée par un accident de voiture.

Outre la reconstruction faciale, Paul faisait de la chirurgie esthétique. Il avait été l'un des premiers spécialistes de Caroline du Nord à s'y intéresser, au moment même où elle commençait à entrer dans les mœurs. La clientèle avait afflué, ses revenus s'étaient multipliés et il avait commencé à accumuler des biens. Il avait acheté d'abord une BMW, puis une Mercedes, ensuite une Porsche, et de nouveau une Mercedes. Avec Martha, ils s'étaient fait bâtir la maison de leurs rêves. Il avait acheté des actions et des bons du Trésor, ainsi que des parts dans une douzaine de fonds de pension. Conscient de son incompétence en matière de finances, il s'en était remis à un conseiller financier. Dès lors, sa fortune avait doublé tous les quatre ans. Quand il avait eu plus d'argent qu'il ne pourrait en dépenser jusqu'à la fin de ses jours, ses revenus s'étaient mis à tripler.

Pour autant, il n'avait pas cessé de travailler, opérant en semaine mais aussi le samedi, et passant ses dimanches après-midi au bureau. Épuisé par ce rythme, son associé l'avait quitté pour un autre groupe de médecins et Paul s'était retrouvé seul à la tête du cabinet. Il n'avait pas quarante-cinq ans.

Les premières années de leur mariage, Martha

avait souvent parlé d'avoir un autre enfant. Le temps passant, elle avait cessé d'aborder le sujet. Au début, elle forçait Paul à prendre des vacances mais il s'y montrait si grognon qu'elle avait fini par aller chez ses parents sans lui, seule avec Mark. Paul n'avait trouvé que deux ou trois fois le temps d'assister à un événement important de la vie de son fils ; il avait manqué la plupart de ces fêtes qui réunissent parents et amis.

Il était convaincu de travailler pour le bien-être de sa famille : pour Martha qui l'avait tant épaulé, au début, pour l'avenir de son fils, pour son père aussi, en souvenir des bienfaits reçus. Mais, dans son for intérieur, il savait pertinemment qu'il n'agissait que pour son propre compte.

Oui, se dit Paul, s'il devait établir aujourd'hui la liste de tous les regrets accumulés au cours de ces années-là, celui ne pas s'être occupé de son fils viendrait en première place. Ce Mark, qui n'avait de lui qu'un sentiment d'absence constante, l'avait bien étonné en décidant de devenir médecin à son tour. Paul avait été ravi de le voir suivre sa voie, convaincu que dorénavant ils passeraient plus de temps ensemble.

Assis sur son banc, Paul se revit plastronnant dans les couloirs de l'hôpital quand son fils avait été admis à l'école de médecine. Il revit aussi l'horrible scène qui les avait opposés, au restaurant, le jour où il l'avait invité à déjeuner dans l'espoir de le convaincre de faire chirurgie.

– Ça, c'est ta vie ! avait rétorqué Mark. Personnellement, je n'ai aucune envie de la mener. Si tu veux savoir, je suis même désolé pour toi.

Paul s'était vexé. Les accusations amères de Mark avaient dégénéré en dispute. Paul s'était emporté et Mark avait quitté le restaurant, furibond. Pendant deux semaines, Paul ne lui avait pas adressé la parole. De son côté, Mark n'avait tenté aucun effort en vue d'une réconciliation. Peu à peu, les semaines étaient devenues des mois, et les mois des années. L'affection de Mark pour sa mère n'en avait pas été ébranlée, mais il évitait de passer la voir quand il savait son père à la maison.

Face au mépris de son fils, Paul avait réagi de la seule façon qu'il connaisse : en travaillant encore plus, en courant ses huit kilomètres par jour et en se plongeant tous les matins dans les pages financières du journal. N'empêche, il voyait la tristesse dans les yeux de Martha. Par moments, en général tard dans la nuit, il se demandait que faire pour combler la crevasse entre Mark et lui. Dans ces moments-là, il aurait volontiers saisi le téléphone. Mais voilà, il n'avait jamais trouvé la force de passer à l'acte. De toute façon, Mark se débrouillait très bien sans lui, à en croire Martha. Il était devenu médecin généraliste puis, après plusieurs mois d'exercice pour accumuler un minimum d'expérience, il s'était engagé comme volontaire dans une organisation humanitaire inter- nationale et avait quitté le pays. Un choix noble, certes, mais Paul ne pouvait s'empêcher de penser que le désir de son fils de mettre entre eux la plus grande distance possible avait pesé dans la balance.

Deux semaines plus tard, Martha demandait le divorce.

Si les accusations de son fils avaient suscité la colère de Paul, les observations de sa femme l'avaient anéanti. Il avait tenté de la raisonner.

– Je vais te manquer, dis-tu ? l'avait-elle coupé sans élever le ton. Nous sommes quasiment des étrangers l'un pour l'autre...

– Je peux changer.

Elle avait souri.

– Je sais bien que tu en es capable. Et tu devrais. Mais pas parce que tu crois que c'est ce que je veux, parce que tu le veux, toi.

Paul avait passé les semaines suivantes dans un état de stupeur inconnu de lui jusque-là. Pour couronner le tout, voilà qu'un mois plus tard une patiente de soixante-deux ans, une certaine Jill Torrelson originaire de Rodanthe, en Caroline du Nord, était morte en salle de réanimation après une intervention banale.

C'était cela, il le savait, cet événement terrible venu s'ajouter aux autres, qui l'avait décidé à entreprendre le voyage qu'il effectuait actuellement.

Ayant fini son café, Paul retourna à sa voiture et reprit la route. Trois quarts d'heure plus tard, il atteignait la ville de Morehead. Il traversa le pont et prit la direction de Beaufort, tourna aux bons croisements et s'engagea sur la route qui menait à Cedar Island.

Ces basses terres du long de la côte dégageaient une beauté tranquille. Il ralentit pour mieux s'en imprégner. Ici, la vie était différente, c'était évident. Tout en roulant, Paul s'émerveillait de voir les passagers des voitures lui faire de joyeux signes de la main, ou ces vieux assis sur les bancs à côté des pompes à essence, qui semblaient n'avoir rien d'autre à faire que de regarder passer les voitures.

Vers le milieu de l'après-midi, il prit le bac pour Ocracoke, un village situé à l'extrême sud des Outer Banks. Il n'y avait que quatre voitures en dehors de la sienne. Deux heures durant, il visita le coin en compagnie d'autres touristes. Il passa la nuit dans un motel et se réveilla à l'instant précis où le disque de lumière blanche émergeait des flots. Il prit son petit déjeuner de bonne heure et flâna longuement dans le village en regardant les gens protéger leurs maisons. Un ouragan se préparait non loin de la côte.

Il balança son sac dans la voiture et reprit la route en direction du nord, le but de son voyage.

Ces Outer Banks avaient quelque chose d'étrange, de mystique, se dit-il. Avec leurs dunes mouvantes piquetées de touffes de joncs, avec leurs chênes maritimes couchés par un vent perpétuel, ces îles, jadis reliées au continent, ne ressemblaient à rien qu'il connût. Lors du réchauffement de la planète qui avait succédé à la dernière ère glaciaire, la mer avait recouvert une partie des terres, à l'ouest, et formé un cordon d'îles – le Pamlico Sound. Avant les années 1950, aucune route ne les desservait. Pour atteindre leurs maisons, de l'autre côté des dunes, les gens devaient rouler sur le sable mouillé. Apparemment, ils continuaient à le faire, à en croire les nombreuses traces de pneus sur la plage. Cela devait faire partie de la culture locale, se dit Paul.

Le ciel était dégagé par endroits, mais de vilains nuages filaient vers l'horizon. De temps à autre, le soleil parvenait à glisser un œil dans une trouée et déversait alors sur le monde une éblouissante lumière blanche. L'océan rugissait avec un fracas tel que Paul l'entendait malgré le bruit du moteur. À cette époque de l'année, les Outer Banks étaient déserts. Paul avait toute la route pour lui.

Ses pensées revinrent à sa femme. Le divorce, prononcé quelques mois auparavant, s'était passé sans drame et Martha avait maintenant quelqu'un dans sa vie. Paul la soupçonnait d'avoir eu cet amant avant même qu'ils ne se séparent, mais après tout qu'importe. À présent, rien n'avait plus d'importance.

Martha partie, Paul avait consacré de moins en

moins de temps à ses activités professionnelles. Au bout de quelques mois, il réduisait encore sa pratique. S'il continuait de courir régulièrement, en revanche, il ne trouvait plus aucun intérêt à éplucher les pages financières de son quotidien du matin. Chose surprenante, lui qui n'avait jamais dormi plus de six heures par nuit, aussi loin qu'il s'en souvienne, il lui fallait à présent un temps de sommeil bien plus long pour se sentir reposé alors même qu'il travaillait moins.

Les changements physiques ne s'arrêtaient pas là. Pour la première fois depuis des années, ses épaules étaient détendues. Les rides de son visage n'avaient pas disparu, bien évidemment, mais sa concentration habituelle, dont l'intensité l'avait lui-même surpris un jour qu'il se regardait dans la glace, avait cédé la place à une sorte de lassitude empreinte de mélancolie. Jusqu'à ses cheveux gris qui semblaient tout à coup résister à la calvitie. Là, c'était probablement son imagination.

Et dire qu'à une époque de sa vie il s'était cru béni des dieux ! À courir sans relâche, il s'était hissé jusqu'aux plus hauts sommets. Mais sa course lui apparaissait soudain comme une fuite en avant et non comme la poursuite d'un but. Tout cela, il le savait au fond de lui, n'avait été que du vent. Il aurait mieux fait d'écouter son père.

Il avait cinquante-quatre ans, et il était seul au monde. Qu'est-ce qui l'avait donc poussé à courir autant ? se demanda-t-il en fixant le ruban d'asphalte désert qui s'étirait devant lui.

Encore quelques kilomètres et il serait arrivé à destination. Il était temps qu'il se concentre sur l'ultime partie de son voyage.

Il avait réservé une chambre dans un *bed and breakfast* à l'écart de la route. Aux abords de Rodanthe, il commença à scruter le paysage. Le centre commercial du village, si l'on pouvait lui donner ce nom, consistait en quelques boutiques qui semblaient vendre à peu près tout et n'importe quoi, du matériel pour la pêche aux produits d'alimentation. En plus d'un stock de pneus et de pièces détachées, la pompe à essence proposait les services d'un mécanicien. Paul n'avait pas besoin de s'y arrêter pour demander son chemin. Une minute plus tard, il quittait la route et s'engageait sur une allée de gravier.

L'Auberge était plus jolie qu'il ne s'y attendait. C'était une antique maison blanche de style victorien avec des volets noirs et une pimpante véranda égayée de pensées en pot alignées le long de la balustrade. Un drapeau américain flottait au vent.

Il attrapa ses sacs. Ayant passé les bandoulières sur son épaule, il grimpa les marches du perron et pénétra dans la maison. Le sol était loin de pouvoir rivaliser avec le plancher marqueté de son ancienne demeure. Les lattes en bois de pin présentaient d'innombrables éraflures faites par les milliers de pieds couverts de sable qui les avaient foulés au cours des années. Sur la gauche s'ouvrait un salon confortable, brillamment éclairé par deux grandes fenêtres de part et d'autre d'une cheminée. Une bonne odeur de café flottait dans l'air. Une coupelle avec des biscuits avait été préparée à son intention. La maîtresse des lieux devait se trouver dans l'aile droite, se dit-il.

Il y avait bien un petit comptoir où on était censé recevoir les clients, mais personne derrière. Dans un coin, il repéra un tableau avec les clefs des chambres, chacune agrémentée d'une breloque en forme de phare. Une sonnette se trouvait sur le comptoir. Paul l'actionna.

Comme personne ne venait, il sonna une nouvelle fois. Sonna encore. Lui parvint alors une sorte de pleur étouffé. Cela semblait venir du fond de la maison. Laissant choir ses sacs, il contourna le comptoir et poussa des portes battantes. La cuisine, et trois sacs de provisions en rang d'oignons sur le plan de travail.

La porte de service, ouverte, invitait à sortir sur la véranda. À gauche, deux fauteuils à bascule encadraient une petite table. Le bois grinça. L'auteur du bruit se tenait à droite dans l'angle du balcon : une femme en jean passablement usé comme celui qu'il portait, et emmitouflée, contrairement à lui, dans un gros chandail à col roulé. Des mèches châtain clair s'échappaient de sa queue-de-cheval. Lui tournant le dos, elle contemplait la mer.

Au bruit de ses pas, elle se retourna. Paul resta sur le seuil à la fixer. Derrière elle, une douzaine d'hirondelles se laissaient porter par les courants d'air ascendants. Près de son coude, il y avait une tasse de café en équilibre sur la balustrade. La femme pleurait.

Paul détourna le regard. Involontairement, ses yeux revinrent sur elle. Elle était jolie malgré ses larmes, incontestablement, mais quelque chose dans sa façon triste de lui souhaiter la bienvenue lui fit comprendre qu'elle n'en avait pas conscience.

C'est sa tristesse qui m'a subjugué au départ, se dirait Paul par la suite chaque fois qu'il se rappellerait cet instant, sa tristesse qui lui avait rendu Adrienne encore plus attirante.

4.

Amanda regarda sa mère en face d'elle, de l'autre côté de la table. Adrienne avait fait une pause et regardait de nouveau par la fenêtre. La pluie s'était arrêtée. Dehors, l'ombre prenait possession du ciel. Dans le silence de la pièce, Amanda prit soudain conscience du ronron régulier du réfrigérateur.

– Pourquoi me racontes-tu ça, maman ?

– Parce que je crois que tu as besoin de l'entendre.

– Mais pourquoi ? Je veux dire, qui c'était, lui ?

Sans répondre, Adrienne tendit le bras vers la bouteille de vin et l'ouvrit avec des gestes précis. S'étant versé un verre, elle remplit celui de sa fille.

– Tu risques d'en avoir besoin, dit-elle.

– Maman ?

Adrienne fit glisser le verre vers sa fille.

– Tu te rappelles quand je suis allée à Rodanthe ? Quand Jean m'a demandé de garder l'Auberge ?

Il fallut un certain temps à Amanda pour que le déclic se fasse.

– Quand j'étais encore au lycée, tu veux dire ?

– Oui.

De quoi pouvait-il bien s'agir ? se demanda-t-elle, intriguée. Et, tandis qu'Adrienne reprenait son récit, elle se surprit à porter involontairement le verre à ses lèvres.

5.

Appuyée contre la balustrade de la véranda, les mains serrées autour de sa tasse de café pour se réchauffer, Adrienne contemplait l'océan. On était jeudi et l'après-midi avait quelque chose de lugubre. En une heure de temps, la houle avait beaucoup augmenté. L'eau, parsemée de moutons jusqu'à l'horizon, avait pris une teinte fer rappelant la coque d'un vieux cuirassé.

D'une certaine manière, elle aurait préféré être ailleurs. Elle était là parce que Jean lui avait demandé de venir garder l'Auberge. Elle s'était dit que ça lui ferait un changement, mais, maintenant, elle trouvait que c'était une erreur. Pour commencer, le temps allait jouer contre elle. Tout au long de la journée, la radio n'avait cessé de lancer des avis de tempête. Un fort vent de nord-est se dirigeait droit sur Rodanthe. La perspective de rester enfermée deux jours sans sortir, qui plus est sans électricité peut-être, n'avait rien de réjouissant. Et puis, il y avait pire que ce ciel agité, les mille souvenirs que cette plage lui évoquait – les vacances en famille, les jours heureux où elle était en paix avec le monde.

Longtemps, elle s'était considérée comme ayant bien de la chance. Elle avait rencontré Jack alors qu'il était en première année de droit. Un garçon grand et mince, avec des cheveux noirs bouclés. Brune aux yeux bleus, elle-même était alors nettement plus menue qu'aujourd'hui. Aux dires des gens, ils formaient un couple idéal, comme l'avait témoigné leur photo de mariage si longtemps en évidence sur la cheminée du salon. Un premier enfant leur était né quand elle avait vingt-huit ans, deux autres avaient suivi en l'espace de trois ans. Comme tant de femmes, Adrienne avait eu bien du mal à se défaire de ses kilos superflus. Si elle n'avait jamais retrouvé sa taille de guêpe, elle se considérait finalement plutôt mieux lotie que la plupart des mères de son âge.

Surtout, elle était heureuse. Elle prenait plaisir à cuisiner et à tenir sa maison, de même qu'à mener une vie sociale active au côté de son mari. Elle allait à l'église, accompagnée de toute sa famille, et faisait le catéchisme. Dès que ses enfants étaient allés en classe, elle s'était impliquée dans la vie de l'école, s'offrant toujours comme chauffeur quand des sorties étaient organisées. Pour rien au monde, elle n'aurait raté une réunion de parents d'élèves et elle avait subi sans jamais rechigner des heures de concert ou de spectacle scolaire. Quant aux matches de foot ou de base-ball, impossible de les compter. Elle avait appris à nager à chacun de ses trois enfants et, quand elle les avait emmenés la première fois à Disneyworld, elle avait ri bien fort devant leur émerveillement. Pour ses quarante ans, Jack avait donné une surprise-partie au country-club. Près de deux cents personnes étaient invitées. La soirée avait été remplie de rires et de gaieté. Toutefois, de retour chez eux, Jack ne l'avait pas regardée tandis qu'elle se déshabillait pour se mettre au lit. À la place, il avait éteint les lumières. Le lendemain, il avait prétendu s'être endormi tout de suite, ce qui n'était pas vrai, elle le savait très bien.

Se rappelant cette époque de sa vie, Adrienne s'étonnait de ne pas avoir eu la puce à l'oreille. Mais voilà, avec trois enfants et un mari qui se déchargeait complètement sur elle de leur éducation, elle n'avait guère le temps de se poser des questions. Bien sûr, elle n'était pas naïve au point de croire que leur passion ne connaîtrait jamais de hauts et de bas. Forcément, étant mariés depuis si longtemps. Inutile de s'inquiéter outre mesure. Les choses allaient revenir à la normale comme toujours auparavant. Sauf que, cette fois-ci, l'amélioration escomptée ne s'était pas produite. Au bout d'un an, ses rapports avec Jack la perturbaient suffisamment pour qu'elle se mette à fouiner dans la section « conseils en tout genre » à la librairie, dans l'espoir d'apprendre comment restaurer les relations conjugales. Ce qui ne l'empêchait pas de rêver au temps où sa vie serait plus tranquille, d'imaginer tout ce qu'elle ferait avec Jack quand elle serait grand-mère et qu'ils recommenceraient enfin à vivre à deux, en couple, heureux de vieillir ensemble. À ce moment-là, peut-être leurs rapports redeviendraient-ils ce qu'ils avaient été dans le passé.

C'est vers cette époque qu'elle avait aperçu Jack en train de déjeuner avec Linda Gaston, une jeune avocate qui travaillait dans le même cabinet que lui, ais à la filiale de Greensboro, et qui était spécialiste en immobilier alors que Jack l'était en droit pénal. Il leur arrivait parfois de travailler sur les mêmes dossiers. Le sachant, Adrienne n'avait pas été étonnée de les voir ensemble. Elle leur avait même fait coucou par la fenêtre. Sans être une amie proche, Linda était venue à plusieurs cocktails chez elle. Adrienne s'était toujours bien entendue avec elle, bien que Linda ait dix ans de moins et ne soit pas mariée. Une fois entrée dans le restaurant, Adrienne avait surpris leurs regards tendres. À coup sûr, ils se tenaient la main sous la table. Pétrifiée, elle était restée à les regarder un bon moment. Incapable de les aborder, elle s'était enfuie sans qu'ils aient remarqué sa présence.

Le soir même, elle avait préparé pour le dîner le plat préféré de Jack sans dire un mot de ce qu'elle avait vu. Rien de tout cela ne s'est produit, se disait-elle avec force. Et de se réfugier dans une attitude de déni au point de se convaincre qu'elle avait tout inventé. Linda traversait probablement un moment difficile et Jack la réconfortait, voilà tout. C'était bien dans ses manières. Ou alors leur attirance n'était que superficielle, de nature intellectuelle, sans rien de physique.

Hélas, ce n'était pas le cas. Son mariage se délitait. Quelques mois plus tard, Jack avouait aimer Linda et demandait le divorce. Oh ! il n'avait rien fait pour tomber amoureux, et il espérait bien qu'Adrienne comprendrait. Mais Adrienne n'avait pas compris et elle le lui avait clairement exprimé. Résultat : Jack avait quitté la maison. Adrienne avait quarante-deux ans à l'époque. Cela remontait à un peu plus de trois ans.

Jack était allé de l'avant. Adrienne, elle, n'en avait pas eu la force. Ils avaient la garde conjointe des enfants, du moins sur le papier. En réalité, comme Jack avait déménagé à Greensboro, à trois heures de route de Rocky Mount, c'est elle qui avait les enfants les trois quarts du temps. Elle en était heureuse, bien sûr, mais c'était épuisant d'élever des enfants seule. Elle en faisait l'expérience chaque jour. Que de fois, le soir, écroulée sur son lit sans pouvoir trouver le sommeil, elle restait à ressasser dans sa tête toutes sortes de questions, imaginant des scénarios qu'elle n'aurait jamais avoués à personne : Jack debout sur le seuil lui demandant la permission de revenir. Elle lui dirait probablement oui, elle le savait au fond de son cœur et se détestait pour cela. Mais que faire ?

Elle n'avait pas voulu de cette vie. Elle ne l'avait ni choisie ni prévue. Et elle ne la méritait pas non plus. Elle avait joué selon les règles, sans en enfreindre une seule. Dix-huit ans durant, elle avait été fidèle. Elle avait gardé pour elle ses reproches quand, à certaines périodes, Jack s'était mis à boire un peu trop. Elle lui avait apporté du café lorsqu'il devait travailler tard et elle n'avait jamais ronchonné quand il allait au golf le week-end au lieu de passer du temps avec les enfants.

Après quoi courait-il ? Le plaisir sexuel ? Linda était plus jeune et plus jolie qu'elle, c'est vrai, mais cela méritait-il qu'il fiche en l'air ce qui constituait le reste de sa vie ? Leurs enfants ne signifiaient-ils donc rien pour lui ? Et elle ? Leurs dix-huit ans de vie commune ? En tout cas, qu'il ne vienne pas l'accuser de s'être désintéressée de lui. Depuis deux ans, c'est toujours elle qui prenait l'initiative de faire l'amour. Si le désir le démangeait à ce point, pourquoi donc ne lui faisait-il pas d'avances à elle ?

Parce qu'il s'ennuyait avec elle ? Certes, ils n'avaient plus grand-chose de neuf à se raconter. Au fil des ans, ils avaient eu le temps de se dire et se redire tout ou presque et sous des formes plus ou moins variées, d'en arriver au point où ils savaient, dès les premiers mots, ce que l'autre allait dire. Adrienne avait donc fait ce que faisaient la plupart des couples, croyait-elle : elle interrogeait Jack sur sa journée de travail, répondait à ses questions sur les gosses et riait avec lui de la dernière bourde d'un cousin ou du ragot qui agitait le voisinage. Tout cela en déplorant bien souvent dans son for intérieur de ne pas avoir de sujet plus intéressant à débattre avec son mari. Mais enfin, Jack ne comprenait-il pas que ce serait pareil avec Linda d'ici à quelques années ?

Ce n'était pas juste ! Même ses amis le disaient. Elle en avait conclu qu'ils étaient de son côté. Et peut-être l'étaient-ils en effet, mais ils avaient une drôle de façon de le montrer. Un mois plus tôt, avant Noël, elle était allée à une soirée chez un couple qu'elle connaissait depuis toujours. Et sur qui était-elle tombée ? Sur Jack et Linda. C'était la vie. Telle qu'on la mène dans les petites villes du Sud. Les gens oublient. Peut-être bien, mais Adrienne s'était sentie trahie.

Par-delà blessures et trahisons, il y avait surtout la solitude. Depuis le départ de Jack, pas un seul homme ne l'avait invitée en tête à tête. Évidemment, Rocky Mount n'était pas un repaire de mâles célibataires âgés de quarante ans. Et les hommes dépourvus d'attaches n'étaient pas nécessairement ceux avec qui Adrienne rêvait de se lier. La plupart d'entre eux trimbalaient un sacré paquet de problèmes et, compte tenu du fardeau qu'elle se coltinait déjà, l'idée de charger encore ses épaules était tout simplement au-dessus de ses forces. Au début, elle avait voulu être sélective. Puis, quand elle s'était considérée prête à entrer dans le monde des rendez-vous galants, elle avait fait la liste des qualités qu'elle souhaitait trouver chez un éventuel compagnon. Intelligence, gentillesse, attirance. Mais, avant toute chose, il devrait accepter ses trois adolescents, un vrai problème, elle ne se le cachait pas. Cela dit, ses enfants étant plutôt indépendants, l'obstacle ne devait pas être insurmontable.

Quelle illusion !

En trois ans, pas un homme ne lui avait fait la

moindre proposition. De là à croire que personne ne lui en ferait jamais plus, il n'y avait qu'un pas. Ce bon vieux Jack pouvait rigoler et prendre du bon temps, se trouver tous les soirs une nouvelle nana et lui lire son canard sous le nez le lendemain au petit déjeuner, elle, elle ne le pouvait pas.

Et puis il y avait l'aspect financier.

Certes, Jack gagnait bien sa vie. Il lui avait laissé la maison et payait la pension des enfants en temps et en heure, mais cette somme lui permettait tout juste de joindre les deux bouts. Du temps où ils vivaient ensemble, ils n'avaient pas songé à mettre de l'argent de côté. Pris comme tant d'autres dans le tourbillon de la consommation, ils dépensaient la majeure partie de leurs revenus, changeaient de voiture, s'offraient des vacances agréables. Quand les télés grand écran avaient fait leur apparition, ils avaient été parmi les premiers à en acheter une. Comme c'était Jack qui se chargeait de régler les factures, Adrienne avait toujours cru qu'il pensait à l'avenir. Apparemment, ce n'était pas le cas. Elle avait dû prendre un emploi à mi-temps à la bibliothèque municipale.

Oh ! elle ne s'en faisait pas pour elle, ni même pour les enfants. C'était son père qui l'inquiétait.

L'année qui avait suivi le divorce, il avait eu une attaque, puis trois autres, coup sur coup. Il lui fallait à présent une garde vingt-quatre heures sur vingt-quatre. Adrienne l'avait placé dans une excellente maison de soins médicalisés, mais les frais lui en incombaient totalement, n'ayant ni frère ni sœur avec qui les partager. Son indemnité compensatoire lui permettrait de payer une année encore, mais après, comment ferait-elle ? Son salaire à la bibliothèque passait déjà entièrement dans la vie de tous les jours.

C'est probablement parce qu'elle avait deviné ses difficultés que son amie Jean lui avait demandé de tenir l'Auberge en son absence. En arrivant, Adrienne avait trouvé une somme d'argent bien supérieure à ce dont elle aurait besoin pour ces quelques jours et un adorable petit mot lui disant de garder le reste et la remerciant infiniment. Tout en appréciant le geste, elle s'était sentie blessée qu'on lui fasse la charité.

Pour revenir à son père, il y avait bien plus grave que les frais à payer pour son séjour en maison médicalisée : la crainte de le perdre – lui, la seule personne qui soit toujours de son côté en cette période difficile. Passer un moment auprès de lui était pour elle une évasion, un instant de grâce. Elle redoutait le jour où elle serait obligée d'y renoncer.

Qu'adviendrait-il de lui, alors ? Et d'elle ?

Secouant la tête, elle se força à chasser au loin ces pensées. Mieux valait ne pas réfléchir à tout ça, surtout maintenant, alors qu'elle se trouvait à des centaines de kilomètres et ne pouvait rien changer à la situation. D'après Jean, ce séjour à l'Auberge serait de tout repos, un seul client ayant réservé. Et ça lui ferait du bien de se changer les idées ! Adrienne en était convenue. Oui, elle se promènerait sur la plage, lirait les romans qui traînaient sur sa table de chevet depuis des mois et regarderait les arsouins folâtrer dans les vagues, étendue sur une chaise longue, les doigts de pieds en éventail. Sauf que... maintenant qu'elle était à Rodanthe, debout dans la véranda de la vieille auberge vétuste, elle sentait le monde s'écrouler : elle n'était plus toute jeune, elle était seule dans la vie, elle était accablée de travail et elle était épuisée. Ses enfants se débattaient dans la vie, son père était à demi paralysé et elle n'était plus sûre d'avoir le courage d'affronter tout ça. Elle s'était alors mise à pleurer.

L'instant d'après, des pas sur la véranda l'obligeaient à se retourner et c'est alors elle avait eu sa première vision de Paul Flanner.

Paul avait déjà vu des gens pleurer, des milliers de gens assurément. Le plus souvent, dans le cocon stérile d'une salle d'attente d'hôpital, alors qu'il sortait de la salle d'opération sans même avoir pris le temps de se changer. Sa tenue de chirurgien était son meilleur bouclier pour aborder la partie émotionnelle de son métier : parler aux familles et aux proches angoissés. D'aussi loin qu'il s'en souvienne, il ne lui était jamais arrivé de verser une larme en leur présence, et il aurait été bien en peine de reconnaître un seul visage parmi tous ceux qui s'étaient tendus vers lui dans l'attente de son verdict. Pas de quoi me vanter ! se disait-il aujourd'hui. Mais il devait l'admettre, c'est ainsi qu'il était, jusque très récemment.

En cet instant, au contraire, la vue de cette dame aux yeux rougis le déstabilisa. Brusquement, il eut l'impression d'être entré par effraction en terre étrangère. Son premier mouvement fut de s'abriter derrière ses défenses habituelles. Mais il y avait quelque chose chez cette femme qui rendait cela impossible. Le fait qu'elle soit seule peut-être, ou bien la nouveauté du lieu, cette véranda. Quoi qu'il en soit, un sentiment de compassion jusqu'alors inconnu le prit au dépourvu.

Adrienne n'attendait pas le client de si bonne heure. Elle fit de son mieux pour cacher sa gêne. Avec un sourire forcé, elle se tapota les joues, comme si c'était le vent qui lui avait arraché ces larmes, et elle regarda le nouveau venu droit dans les yeux. Le dévisageant. Incapable de détourner le regard.

Ce devait être ses yeux, se dit-elle. Des yeux d'un bleu si clair qu'il semblait presque transparent, et un regard d'une intensité qu'elle n'avait encore rencontrée chez personne.

Une pensée lui traversa l'esprit : *Il me connaît ou pourrait me connaître pour peu que je lui en donne la chance.*

Elle la chassa de sa tête aussi vite qu'elle lui était venue, la trouvant ridicule. Non, le monsieur devant elle n'avait rien de spécial. C'était tout simplement le client dont Jean avait parlé et qui, ne la trouvant pas à la réception, était parti à sa recherche, un point, c'est tout. En conséquence, elle l'étudia comme on le fait généralement avec les gens qu'on ne connaît pas et dont on veut se faire une idée.

Moins grand que Jack, dans les un mètre quatre-vingts. Élancé, athlétique, le genre de type à faire de la gym tous les jours. Un chandail qui devait valoir une fortune et jurait avec son jean, mais une façon de le porter qui gommait le contraste. Des cheveux coupés court et grisonnant aux tempes, un visage anguleux, un front creusé de rides, signe d'une fréquente concentration. La cinquantaine, estima Adrienne, incapable d'être plus précise.

Paul sembla enfin prendre conscience qu'il la dévisageait lui aussi.

– Excusez-moi de vous avoir importunée, murmura-t-il en détournant les yeux.

Désignant la maison d'un geste du pouce par-dessus son épaule, il ajouta :

– Je vous attends à l'intérieur. Prenez votre temps.

Adrienne secoua la tête et répondit, pour le mettre à l'aise :

– Non, non, tout va bien, je m'apprêtais à rentrer.

Elle le regarda et, pour la seconde fois, surprit ses yeux posés sur elle. Il voguait dans les prunelles de cet homme comme une tristesse qu'il s'efforçait de cacher. Cherchant une excuse pour échapper à son regard, elle tendit la main vers sa tasse de café posée sur la balustrade.

Paul lui tenait la porte. De la tête, elle lui indiqua de passer devant. Tout en traversant la cuisine pour gagner la réception, elle se surprit à fixer des yeux ses épaules d'athlète. Elle rougit légèrement. Que lui arrivait-il ? Se grondant tout bas, elle alla se placer derrière le comptoir et ouvrit le registre des réservations.

– Paul Flanner... Vous restez cinq nuits. Jusqu'à mardi matin, n'est-ce pas ?

– Oui. Il marqua une hésitation. Je peux avoir une chambre qui donne sur l'océan ?

Adrienne sortit la fiche à son nom.

– Bien sûr. En fait, vous pouvez avoir celle que vous désirez, vous êtes le seul client. C'est au premier étage.

– Laquelle me conseillez-vous ?

– Elles sont toutes très jolies mais, à votre place, je prendrais la bleue.

– Ah bon ?

– Les rideaux sont plus opaques. Dans la jaune ou la blanche, vous risquez d'être réveillé très tôt par le jour car toutes les chambres donnent à l'est.

Elle poussa vers lui le formulaire à remplir et déposa un stylo à côté.

– Vous pouvez signer ici ?

– Bien sûr.

Il griffonna son nom. Ses mains aux articulations saillantes, comme souvent chez les hommes d'un certain âge, allaient bien avec son visage. Ses gestes étaient précis et mesurés. Pas d'alliance, remarqua-t-elle. Mais, au fond, quelle importance ?

Paul reposa le stylo. Elle prit la feuille et vérifia que toutes les cases étaient bien remplies. Comme adresse, il avait indiqué Raleigh, aux bons soins d'un cabinet d'avocats. Elle décrocha une clef du tableau et, après une hésitation, en prit deux autres.

– Très bien, dit-elle. Nous en avons fini pour ici. Paré à choisir la chambre ?

– S'il vous plaît.

Il recula pour lui laisser faire le tour du comptoir. Empoignant ses sacs de toile, il la suivit vers l'escalier. Elle l'attendait au pied des marches.

– Vous trouverez là du café et des biscuits, fit-elle en désignant le salon. Je l'ai fait il n'y a pas une heure, il devrait être encore bon.

– Je l'avais vu en arrivant. Merci.

Arrivée au premier, Adrienne se retourna, la main sur la rampe. Il y avait quatre chambres en haut : une qui donnait sur l'avant de la maison et trois sur l'océan. Les portes n'avaient pas de numéro, mais une plaque avec un nom. Bodie, Hatteras et Cape Lookout, les différents phares des Outer Banks, reconnut Paul.

– Choisissez celle que vous voulez, lui dit Adrienne. J'ai pris toutes les clefs au cas où la bleue ne vous plairait pas.

Paul promena les yeux d'une porte à l'autre.

– Laquelle est la bleue ?

– Oh ! c'est moi qui l'appelle comme ça. Pour Jean, c'est Bodie.

– Jean ?

– La propriétaire. Je la remplace pendant son absence.

Tandis qu'Adrienne ouvrait la porte, Paul changea ses sacs d'épaule car les bandoulières lui pinçaient le cou. Elle lui tenait le battant ouvert. Il la heurta légèrement en passant devant elle.

La pièce était exactement telle qu'il l'avait imaginée – simple, propre et plus personnelle qu'une chambre dans un motel du bord de mer. Près de la fenêtre, un lit à baldaquin avec sa table de chevet ; au plafond, un ventilateur qui tournoyait paresseusement, juste assez pour déplacer l'air ; au milieu d'un mur, une grande toile représentant le phare de Bodie et, à côté, une porte qui devait ouvrir sur la salle de bains ; contre l'autre mur, près de la porte donnant sur le couloir, une antique commode qui semblait avoir pris racine à cet endroit le jour même où la demeure avait été bâtie.

Hormis le mobilier couleur coquille d'œuf, la teinte générale était le bleu : nuance œuf de merle pour la carpette, bleu marine pour les rideaux et le couvre-lit, bleu roi pour la lampe de chevet en laqué, brillante comme une carrosserie de voiture. La commode et la table de nuit étaient ornées de médaillons représentant l'océan par un beau jour d'été. Même le téléphone était bleu. On aurait dit un jouet.

– Ça vous plaît ? demanda-t-elle.

– Pour être bleu, c'est bleu !

– Je peux vous montrer les autres.

– Non, non, ça ira très bien, répondit Paul en déposant ses sacs sur le plancher pour aller regarder par la fenêtre. Ça vous gêne, si j'ouvre ? Il fait un peu chaud, je trouve.

– Je vous en prie.

Paul poussa le loquet de la fenêtre à guillotine et tenta de soulever le panneau inférieur. Mais la maison avait été peinte et repeinte tant de fois qu'il restait bloqué à trois centimètres de hauteur.

Paul força pour ouvrir davantage. Les muscles de

ses avant-bras se raidirent puis se relâchèrent. Adrienne se racla la gorge.

– J'avoue que c'est la première fois que je garde l'Auberge, dit-elle. J'y suis souvent venue, mais toujours quand Jean était là. Alors, si quelque chose ne marche pas, n'hésitez pas à me le dire.

Paul se retourna. Tel qu'il était, dos à la fenêtre, on distinguait à peine ses traits dans le contre-jour.

– Je ne m'inquiète pas, dit-il. Ces derniers temps, j'ai cessé d'être maniaque.

Adrienne sourit.

– Tant mieux. Et maintenant, ce que Jean m'a demandé de vous dire, ajouta-t-elle en retirant la clef de la serrure. Le chauffage se trouve sous la fenêtre. Tout ce que vous avez à faire, c'est de tourner le bouton. Il n'y a que deux positions. Au début, ça cliquette un peu, mais ça ne dure pas. Il y a des serviettes dans la salle de bains ; si vous en voulez d'autres, dites-le-moi. L'eau chaude fonctionne. Même si elle prend une éternité pour venir, je peux vous certifier qu'elle finira par sortir du robinet. Promis-juré.

Paul sourit. Sans se laisser démonter, Adrienne poursuivit :

– À moins qu'une âme en peine égarée dans la tempête ne débarque à l'improviste, vous êtes le seul client pour le week-end. Alors, nous pourrons manger à l'heure qui vous convient. D'habitude, le petit déjeuner est servi à huit heures et le dîner à sept, mais si vous êtes pris à ce moment-là, prévenez-moi. Nous mangerons à l'heure qui vous arrange. Ou bien je pourrai vous préparer quelque chose à emporter, si vous voulez.

– Merci.

Elle fit une pause, et reprit :

– Oh ! j'allais oublier. Le téléphone. Seuls les

appels locaux sont autorisés. Pour l'interurbain, il faut utiliser une télécarte ou appeler en PCV en passant par l'opérateur.

– Très bien.

Elle hésitait, déjà sur le seuil.

– Y a-t-il autre chose que vous voulez savoir ?

– Je crois que vous avez couvert le sujet dans sa totalité. Sauf pour l'essentiel.

– C'est-à-dire ?

– Vous ne m'avez pas dit votre nom.

Elle alla déposer la clef de la chambre sur la commode près de la porte.

– Je m'appelle Adrienne. Adrienne Willis, fit-elle en souriant.

À sa grande surprise, Paul traversa la pièce et s'avança vers elle, main tendue.

– Enchanté de faire votre connaissance, Adrienne.

6.

Ce voyage à Rodanthe, Paul l'effectuait à la demande de Robert Torrelson, le mari de la patiente décédée après l'opération. Tout en sortant ses affaires de ses sacs pour les ranger dans la commode, il se demanda pour la millième fois ce que ce monsieur avait à lui dire. Mais peut-être s'attendait-il à ce que lui, Paul, fasse les frais de la conversation.

L'épouse, Jill Torrelson, s'était adressée à lui parce qu'elle souffrait d'un méningiome qui s'étendait de l'arête du nez jusqu'au milieu de la joue droite et formait un bulbe violacé couturé de cicatrices là où des ulcères s'étaient développés. Le kyste, bénin, ne mettait pas sa vie en danger mais l'enlaidissait, c'est le moins qu'on puisse dire. Paul avait opéré des douzaines de cas semblables et reçu quantité de lettres de patients reconnaissants. De quoi avait bien pu succomber Jill ? Il ne le comprenait toujours pas aujourd'hui et ce n'était pas faute d'avoir retourné le problème des milliers de fois dans sa tête. L'autopsie n'avait pas permis de déterminer la cause de la mort. Au début, on avait cru à une embolie, mais aucun indice n'avait permis de le confirmer. Ensuite, l'éventualité d'une réaction allergique à l'anesthésique ou à un médicament administré après l'opération avait été envisagée. Là encore, impossible de corroborer l'hypothèse. La science était impuissante à fournir quelque explication que ce soit. Restait la négligence du chirurgien. À première vue, tout s'était passé sans anicroche. Néanmoins, le coroner avait diligenté une enquête sur l'intervention elle-même. Cela ne présentait pas de difficulté puisque l'opération avait été filmée dans un but pédagogique, la atiente souffrant d'un méningiome typique. La ande-vidéo, visionnée non seulement par le conseil de l'hôpital mais aussi par trois chirurgiens indépendants et ne pratiquant pas en Caroline du Nord, n'avait rien fait apparaître qui sorte de l'ordinaire. Aucune erreur non plus relative à un quelconque fait annexe. Certes, le dossier médical de la malade faisait état de problèmes parallèles, tels que le surpoids et un épaississement des artères qui nécessiterait peut-être un pontage dans l'avenir, de même qu'un léger diabète et un début d'emphysème dû au tabagisme. Mais ils n'en étaient pas à un stade susceptible de mettre sa vie en danger au moment des faits et ne pouvaient expliquer véritablement le décès.

La mort de Jill Torrelson restait un mystère. Comme si Dieu l'avait tout simplement rappelée à Lui.

Ainsi qu'il arrive souvent dans ce genre de situation, Robert Torrelson avait intenté un procès à Paul, à l'anesthésiste et à l'hôpital. À l'instar de la plupart de ses confrères, Paul était couvert par une ssurance. Ses avocats lui avaient fortement conseillé de ne pas rencontrer la partie adverse hors de leur présence et de n'adresser la parole à Torrelson qu'au cas où il serait démis de ses fonctions. Et encore, seulement dans la salle d'audience.

L'affaire avait piétiné toute une année. Ayant eu communication du rapport d'autopsie, l'avocat de Robert Torrelson avait demandé une contre-expertise de la bande-vidéo. Sans résultat. Informé que la défense envisageait de déposer une requête de non-lieu, il avait fait valoir à son client qu'il risquait de se retrouver contraint de rembourser aux parties adverses leurs frais de procédure et l'avait donc engagé à abandonner les poursuites. Ce qui était précisément l'objectif des avocats de la compagnie d'assurances de Paul, bien qu'ils se gardent de le crier sur les toits.

Pour Paul, ce procès ne se serait guère distingué de ceux qui lui avaient été intentés dans le passé si Robert Torrelson ne lui avait écrit une lettre, voilà deux mois. Il en connaissait les termes par cœur.

Cher docteur Flanner,
Je voudrais vous rencontrer en personne. C'est très important pour moi.
Je vous en prie.

Robert Torrelson

Au bas de la page, sous la signature bien lisible, Torrelson avait écrit son adresse.

Paul avait montré la lettre à ses avocats qui l'avaient avisé de ne pas en tenir compte. Même réaction de la part de ses collègues à l'hôpital : « Laisse tomber. Tu le verras après le jugement, s'il tient toujours à te rencontrer. »

Mais quelque chose dans ce plaidoyer tout simple l'avait ému, et Paul avait décidé d'agir selon son cœur. De ne plus ignorer les gens, comme il l'avait fait si souvent à ce jour.

Paul enfila un blouson et descendit l'escalier. Sortant de l'Auberge par la porte de devant, il alla chercher dans sa voiture sa pochette en cuir avec son passeport et son billet d'avion laissée sur le siège avant. Ensuite, au lieu de rentrer dans la maison, il en fit le tour. Direction : la plage.

De ce côté-ci, le vent était plus fort et nettement plus froid. Paul s'arrêta, le temps de remonter sa fermeture Éclair. Les mains au fond de ses poches, la pochette coincée sous un bras, il repartit, tête rentrée dans les épaules à cause de la bise.

Le ciel avait la même couleur qu'à Baltimore avant une tempête de neige, quand le monde entier n'est plus qu'un camaïeu de gris délavés. Au loin, un pélican se laissait porter par le vent, au ras de l'eau, les ailes immobiles. Où donc se mettrait-il à 'abri pendant l'ouragan, se demanda Paul en s'arrêtant à la limite du sable. Les vagues déferlaient. Venant de deux directions différentes, elles expédiaient des panaches d'écume haut dans le ciel chaque fois qu'elles se heurtaient. L'air était humide et frisquet. Jetant un coup d'œil par-dessus son épaule, il vit de la lumière dans la cuisine de l'Auberge. Une lumière dorée sur laquelle se découpa brièvement la silhouette sombre d'Adrienne passant devant la fenêtre.

Oui, se dit-il. Il irait voir Robert Torrelson dès demain. Dans la matinée, puisque l'ouragan n'atteindrait pas la côte avant l'après-midi et durerait vraisemblablement la plus grande partie du week-end, à en croire les prévisions météo. En remettant la visite à lundi, il courait le risque qu'elle n'ait pas lieu. La région pouvait se retrouver inondée, privée d'électricité, ou bien Robert Torrelson pouvait avoir des choses à faire. Or l'avion de Paul décollait de Dulles le mardi en fin d'après-midi. Il devrait donc quitter

Rodanthe le matin, à neuf heures au plus tard. Avec ces avis d'ouragan, mieux valait se donner une marge pour le trajet. Une journée, ce n'était déjà pas si long.

Localiser la maison des Torrelson ne devrait pas être bien difficile, même pour quelqu'un qui n'avait jamais mis les pieds à Rodanthe. La bourgade ne semblait guère avoir plus d'une cinquantaine de rues. En l'espace d'une demi-heure, Paul l'aurait traversée d'un bout à l'autre.

Il demeura un moment sur la plage avant de s'en retourner à l'Auberge. En chemin, il aperçut de nouveau Adrienne Willis par la fenêtre.

C'est son sourire, se dit-il. Oui, elle avait un joli sourire.

Jetant un coup d'œil par la fenêtre, Adrienne aperçut Paul Flanner remontant vers la maison. Elle était en train de ranger les courses et faisait de son mieux pour mettre les choses aux places qui étaient les leurs. Plus tôt, dans l'après-midi, elle avait acheté tout ce que Jean avait indiqué sur la liste, mais, à présent, elle se demandait si elle n'aurait pas mieux fait de demander à Paul s'il avait envie d'un plat particulier.

Que venait-il donc faire à Rodanthe en cette saison ? Elle savait par Jean qu'il avait réservé sa chambre six semaines plus tôt et qu'il avait beaucoup insisté pour qu'elle garde l'Auberge ouverte une semaine de plus quand elle lui avait annoncé qu'elle fermait après le nouvel an jusqu'en avril. Il avait même proposé de payer le double du prix.

Il n'était pas là en vacances, Adrienne en était certaine. Pas seulement parce que Rodanthe n'était pas une station appréciée des touristes en hiver, mais parce qu'il n'était pas du genre à prendre des vacances. Cela se voyait à sa façon de remplir la fiche d'arrivée. Rien à voir avec le comportement de gens en quête de détente.

Puisqu'il n'avait pas dit qu'il venait voir sa famille, c'est qu'il était là pour affaires. Étrange, tout de même. Mis à part la pêche et le tourisme, et aussi les quelques commerces indispensables à la vie des gens, Rodanthe ne brillait pas par une activité économique intense. La preuve, la plupart des boutiques étaient fermées durant la morte-saison.

Adrienne en était toujours à imaginer divers cas de figure quand elle entendit Paul grimper les marches de la véranda. Elle tendit l'oreille. Il tapait des pieds devant la porte pour faire tomber le sable de ses chaussures. L'instant d'après, la porte s'ouvrit en grinçant et Paul entra dans la cuisine. Elle le regarda se débarrasser de son blouson avec de petites secousses des épaules. Il avait le bout du nez tout rouge.

– J'ai l'impression que la tempête se rapproche, dit-il. La température a baissé de plusieurs degrés depuis ce matin.

Tout en rangeant une boîte de croûtons dans le placard, Adrienne lança par-dessus son épaule :

– Je sais, j'ai dû monter le chauffage. Cette maison n'est pas près de gagner la première place au concours des économies d'énergie, le vent passe sous toutes les fenêtres. Dommage que vous n'ayez pas meilleur temps.

– C'est la vie, fit Paul tout en se frottant les bras. Il reste du café ? Une petite tasse ne me ferait pas de mal.

– Je vais en refaire. L'autre a probablement perdu tout son arôme, à cette heure. J'en ai pour quelques minutes à peine.

– Ça ne vous dérange pas ?

– Pas du tout. J'en prendrais bien une tasse, moi aussi.

– Merci. Je reviens. Le temps de monter mon blouson dans ma chambre et de me laver les mains.

Sur un sourire, il quitta la pièce. Adrienne soupira, étonnée d'avoir retenu son souffle sans même s'en rendre compte. Elle profita de son absence pour moudre une poignée de grains de café, changer le filtre de la machine et la mettre en marche. Elle alla chercher la cafetière en argent, la vida dans l'évier et la rinça soigneusement.

D'entendre Paul se déplacer dans la chambre au-dessus de sa tête lui faisait une impression étrange à laquelle elle ne s'était pas attendue. Elle savait qu'il serait le seul client de tout le week-end, mais elle n'avait pas imaginé l'effet que produirait sur elle ce face-à-face avec un inconnu. Ni ce face-à-face avec elle-même, d'ailleurs. Certes, cela lui arrivait de temps en temps d'avoir un peu de liberté, maintenant que ses enfants étaient en âge de mener leurs activités comme ils l'entendaient, mais ça ne durait jamais bien longtemps. À tout moment, ils pouvaient revenir. Et puis, eux, c'était la *famille*, ça n'avait rien à voir. Alors que là, c'était comme si elle était en train de vivre la vie de quelqu'un d'autre, une vie dont elle ne connaissait pas les règles.

Elle remplit une tasse de café pour elle et versa le reste dans la cafetière. Elle rapportait le plateau au salon quand elle entendit le pas de Paul dans l'escalier.

– Vous arrivez au bon moment, dit-elle. Le café est prêt. Voulez-vous que j'allume le feu ?

Des effluves d'eau de Cologne lui parvinrent quand il passa près d'elle pour prendre une tasse.

– Non. Peut-être tout à l'heure. Pour le moment, ça va très bien.

Elle hocha la tête et fit un petit pas en arrière.

– Dans ce cas... Si vous avez besoin de quoi que ce soit, je suis à la cuisine.

– Vous ne vouliez pas prendre un café, vous aussi ?

– J'en ai un. Dans la cuisine.

Il leva les yeux.

– Vous ne voulez pas me tenir compagnie ?

Adrienne hésita. Il y avait comme une attente dans la façon dont il avait posé la question. Comme s'il tenait vraiment à ce qu'elle reste.

Jean avait le chic pour faire un brin de causette à des gens qu'elle ne connaissait ni d'Ève ni d'Adam, mais Adrienne n'était pas douée pour ça. Elle ne l'avait jamais été. Malgré tout, elle se sentit flattée de la proposition sans bien savoir pourquoi.

– J'imagine que rien ne s'y oppose, dit-elle au bout d'un instant. Je vais chercher ma tasse.

Le temps qu'elle revienne, Paul s'était installé dans l'un des deux fauteuils à bascule à côté de la cheminée et se balançait mollement, sa tasse sur les genoux. Adrienne s'assit dans le fauteuil voisin et garda le silence, s'efforçant de ne pas laisser paraître sa nervosité.

Ce salon décoré de photographies en noir et blanc qui retraçaient la vie sur les Outer Banks au temps des années 1920 avait toujours été sa pièce préférée. Elle en aimait la longue bibliothèque remplie de livres lus et relus, les deux fenêtres donnant sur l'océan, les bûches et le panier de petit bois à côté de la cheminée, promesse d'une agréable soirée en famille. Paul aussi semblait l'apprécier. On aurait dit qu'il se laissait pénétrer par la beauté de la vue, tout en se balançant. Dehors, le sable roulait sous le vent et le brouillard qui s'engouffrait dans les tourbillons créait une illusion de crépuscule.

– Vous croyez que l'ouragan emportera la maison ? dit-il au bout d'un moment en se tournant vers elle.

Adrienne passa la main dans ses cheveux.

– J'en doute. Cela fait soixante ans qu'elle se dresse à cette place.

– Vous avez déjà subi une tempête de nord-est dans le coin ? Une grosse, je veux dire, comme l'ouragan attendu ?

– Non, mais Jean, oui, et elle n'a pas été emportée. Mais c'est vrai qu'elle est née ici. Elle doit avoir l'habitude.

Tout en écoutant la réponse d'Adrienne, Paul se surprit à l'étudier. Plus jeune que lui de quelques années, elle avait des cheveux châtain clair bouclés, à hauteur des épaules, un nez légèrement busqué et des pattes-d'oie au coin des yeux. Sans être grosse, elle présentait un petit embonpoint. Une silhouette qui se moquait bien des normes irréalistes prônées par la télévision ou les magazines, se dit-il. Quant à la peau de son visage, elle en était à ce moment de la vie, entre jeunesse et âge mûr, où la loi de la pesanteur ne se fait pas encore sentir.

– Jean, c'est une amie à vous, dites-vous ?

– Nous étions dans la même chambre au collège. Depuis, nous n'avons jamais perdu le contact. Cette maison a été bâtie par ses grands-parents, ce sont ses parents qui l'ont transformée en auberge. Elle m'a téléphoné peu de temps après que vous avez réservé pour me demander de la remplacer car elle devait aller à un mariage.

– Vous n'êtes pas d'ici ?

– Non, j'habite à Rocky Mount. Vous connaissez ?

– J'y suis passé des dizaines de fois en allant à Greenville.

Greenville ? Sur la fiche, il avait écrit Raleigh. Intriguée, Adrienne but une gorgée de café et reposa sa tasse sur ses genoux.

– Je sais que cela ne me regarde pas, dit-elle, mais puis-je vous demander ce que vous êtes venu faire ici ? Vous n'êtes pas obligé de me répondre, c'est juste de la curiosité de ma part.

Paul remua sur son siège.

– Je suis venu pour parler à quelqu'un.

– Un bien long trajet pour une simple conversation.

– Je n'avais pas le choix. Il voulait me voir en personne.

Il avait parlé d'une voix tendue, distante, et il parut s'enfermer dans ses pensées. Dans le silence qui était tombé, Adrienne perçut les claquements du drapeau sur la façade.

Paul reposa sa tasse sur la table placée entre eux.

– Qu'est-ce que vous faites, vous, quand vous ne gardez pas les pensions de famille de vos amis ? demanda-t-il enfin d'une voix qui avait recouvré sa chaleur.

– Je travaille à la bibliothèque municipale.

– Ah oui ?

– Vous avez l'air surpris.

– C'est que je dois l'être. Je m'attendais à une autre réponse.

– Comme quoi ?

– À vrai dire, je ne sais pas. Mais certainement pas à celle-là. Vous n'avez pas l'âge d'être bibliothécaire. Là où j'habite, elles ont toutes soixante ans bien tassés.

Elle sourit.

– Ce n'est qu'un emploi à mi-temps. J'ai trois enfants, je fais surtout la maman.

– Quel âge ont-ils ?

– Dix-huit, dix-sept et quinze ans.

– Ils vous donnent beaucoup de travail ?

– Pas trop. En me levant à cinq heures du matin et en me couchant après minuit, j'arrive à m'en sortir.

Il eut un petit rire. Adrienne se rendit compte qu'elle commençait à se détendre.

– Et vous ? Vous avez des enfants ?

– Un seul. Un fils. (Ses yeux dévièrent un instant pour revenir très vite sur elle.) Il est médecin en Équateur.

– Il y habite ?

– Pour l'instant, depuis deux ans. Il est bénévole dans un hôpital près d'Esmeraldas.

– Vous devez être fier de lui.

– Je le suis. Il fit une pause. Mais à vrai dire, ça ne lui vient pas de moi. C'est plus l'empreinte de ma femme que la mienne. De mon ex-femme, je veux dire. C'est elle qu'il faut féliciter.

Adrienne sourit.

– Voilà une phrase qui fait plaisir à entendre.

– Que voulez-vous dire ?

– Que vous continuez d'apprécier les bons côtés de votre épouse. Bien que vous soyez divorcé, s'entend. C'est rare d'entendre le gens parler en bien de leur ex. Le plus souvent, ils déblatèrent sur les horreurs qu'ils ont subies et sur tout ce qui n'a pas marché par la faute de l'autre.

Paul se demanda si elle parlait par expérience et décida que oui.

– Et vos enfants, Adrienne, quelle est leur passion dans la vie ?

Elle prit une autre gorgée de café. D'entendre

71

Paul l'appeler par son prénom lui faisait une impression étrange.

– Mes enfants ? Voyons, voyons... Mat a d'abord été quarter-back au foot et, après, arrière droit au basket. Amanda, elle, c'est le théâtre. Elle vient d'être sélectionnée pour tenir le rôle de Maria dans *West Side Story*. Quant à Dan... Eh bien, pour le moment, c'est le basket, lui aussi. Mais il n'est pas exclu qu'il passe à la lutte l'année prochaine. Son entraîneur le supplie d'essayer depuis qu'il l'a vu se battre, l'été dernier, au camp de vacances.

– Impressionnant ! fit Paul avec une moue admirative.

– Que dire de plus ? Rien, sinon que chez eux aussi c'est l'empreinte de la mère, conclut-elle sur un petit ton moqueur.

– Je n'en doute pas un seul instant.

Elle sourit.

– Naturellement. Parce que je n'ai parlé que de leurs bons côtés. Si je vous racontais leurs sautes d'humeur, leurs scènes ou le désordre qui règne dans leur chambre, vous changeriez rapidement d'opinion.

Paul sourit.

– Je ne crois pas. Je me dirais qu'ils sont en pleine adolescence.

– Si je comprends bien, vous me dites que votre fils, le médecin honnête et désintéressé, est passé par là, lui aussi, et que je ne devrais pas perdre espoir ?

– Il a dû être pareil, j'imagine.

– Mais vous ne le savez pas vraiment.

– Non. Il se tut puis reprit : Je n'ai pas été aussi souvent présent que je l'aurais dû. À une époque de ma vie, j'étais un acharné du boulot.

À l'évidence, l'aveu lui coûtait. Adrienne se demanda ce qui l'avait poussé à le lui faire. Elle n'eut

72

pas le temps de s'arrêter à cette question, car la sonnerie du téléphone retentit. Ils se retournèrent tous les deux en même temps.

– Excusez-moi, dit-elle en se levant de son siège.

Paul la suivit des yeux tandis qu'elle s'éloignait. Une femme bien attirante, se prit-il à penser de nouveau.

Contrairement à ce que ses choix professionnels pouvaient donner à croire, Paul se préoccupait bien moins de l'apparence extérieure des gens que de leurs qualités intérieures, toutes choses que l'œil ne aurait discerner comme la bonté, l'intégrité, l'humour ou la sensibilité. Qualités qui étaient sans aucun doute présentes chez Adrienne, se dit-il, mais auxquelles personne ne devait avoir prêté attention depuis un bon bout de temps, pas même l'intéressée.

Sa gêne, au début de la conversation, ne lui avait pas échappé. Curieusement, elle l'avait touché. Tant de gens, dans son métier notamment, cherchent avant tout à épater le voisin. Ils se creusent la cervelle à la recherche du mot à dire au bon moment et à la bonne personne, et s'ingénient pour que leurs succès les plus minimes ne passent jamais inaperçus. Visiblement, Adrienne n'était pas de ces vantards impénitents qui s'emparent du crachoir et ne veulent plus le lâcher.

C'était agréable de bavarder avec quelqu'un qu'on ne connaissait pas. Surtout quand on venait de passer plusieurs mois soit tout seul, soit assailli de questions par des collègues qui s'évertuaient à vous chuchoter le nom de leur psy – un type formidable... qui leur avait sauvé la vie ! Paul en avait par-dessus la tête de leurs regards débordant de sollicitude inquiète. Marre de leur répéter que sa décision de tout lâcher n'était pas une lubie mais un choix mûrement réfléchi et définitif, fait en toute connaissance de cause.

Quelque chose chez Adrienne lui suggérait qu'elle était capable de le comprendre. Il en avait l'intuition. Et il avait, comment dire, la certitude qu'il devait absolument s'entretenir avec elle. Pourquoi, il ne pouvait l'expliquer, mais il était sûr de ne pas se tromper.

7.

Quelques minutes plus tard, Paul déposait sa tasse vide sur le plateau et emportait le tout à la cuisine. Adrienne s'y trouvait, toujours au téléphone. Les coudes posés sur le plan de travail, une jambe croisée sur l'autre, elle tortillait une mèche de cheveux entre ses doigts, lui tournant le dos. Au ton de sa voix, il comprit que la conversation touchait à sa fin.

– J'ai bien trouvé ton mot... Oui, oui... Il est arrivé.

Il y eut une pause. Adrienne écoutait. Il alla jusqu'à la table et posa le plateau.

– La radio nous bassine avec ça depuis ce matin, reprenait Adrienne sur un ton plus étouffé. J'en conclus qu'il ne s'agira pas d'un simple grain... Sous la maison, tu dis ? Je crois que j'y arriverai... Si ça se complique, tu veux dire ?... Je t'en prie... Allez, amuse-toi bien au mariage. Je t'embrasse.

Paul était en train de porter sa tasse dans l'évier. Se retournant vers lui, elle lança :

– Vous n'auriez pas dû vous donner ce mal.

– C'était sur mon chemin. En fait, je venais m'informer du menu de ce soir.

– Vous commencez à avoir faim ?

– Un peu, répondit Paul en faisant couler l'eau. Mais, si vous préférez, on peut attendre.

– Non, je me mettrais bien quelque chose sous la dent, moi aussi... Laissez cela..., ajouta-t-elle en voyant qu'il s'apprêtait à laver sa tasse. Vous êtes l'hôte, quand même.

Elle s'avança vers l'évier. Paul s'écarta pour lui céder la place.

– Ce soir, vous avez le choix entre poulet, steak ou pâtes à la crème, déclara-t-elle tout en rinçant les tasses et la cafetière. Je ferai ce que vous voudrez. Mais, attention ! ce que vous ne mangez pas aujourd'hui, vous le retrouverez demain. Avec cette tempête, je ne peux pas garantir que les magasins seront ouverts pendant le week-end.

– Tout me va. Choisissez vous-même.

– Du poulet, alors. Je l'ai décongelé.

– Parfait.

– Accompagné de pommes de terre et de haricots verts ?

– Super.

S'étant séché les mains avec un papier arraché au rouleau, elle prit le tablier suspendu à la poignée du four et passa la tête dans la bride.

– Cela vous dit, de la salade ?

– Uniquement si vous en prenez. Sinon, je m'en passe.

Elle sourit.

– Vous, alors ! Vous n'avez pas menti quand vous avez dit que vous n'étiez pas difficile.

– Pourvu qu'on ne m'oblige pas à faire la cuisine, je veux bien manger n'importe quoi. Telle est ma devise.

– Vous n'aimez pas faire la cuisine ?

– Je n'en ai jamais eu vraiment l'occasion. Martha passait son temps à essayer de nouvelles recettes.

76

Depuis qu'elle est partie, j'ai dîné dehors la plupart du temps.

– Dans ce cas, oubliez les toques et les étoiles, vous serez gentil. Je ne suis pas un grand chef, juste une mère de famille, et mes garçons s'intéressent plus à la quantité qu'à l'originalité.

– Je suis sûr que tout sera parfait. Mais si je peux vous donner un coup de main, j'en serai ravi.

Elle lui lança un regard surpris.

– Ne vous croyez pas obligé. Montez plutôt lire un livre ou vous reposer. Je vous appellerai quand ce sera prêt.

Il secoua la tête.

– Je n'ai rien emporté à lire. Et si je me repose, je ne dormirai plus cette nuit.

– Dans ce cas... merci.

Elle hésitait, pesant le pour et le contre, et finit par désigner le fond de la cuisine.

– Vous pouvez commencer par éplucher les pommes de terre. Vous en trouverez dans l'office, sur la seconde planche, à côté du riz.

Paul obtempéra. Tout en se dirigeant vers le réfrigérateur, elle le suivit du coin de l'œil, à la fois ravie et quelque peu déconcertée. Faire la cuisine à quatre mains impliquait une intimité qui la prenait au dépourvu. Elle sortit le poulet.

– Qu'est-ce que vous avez à boire ? demanda Paul dans son dos. De frais, je veux dire ?

Adrienne écarta ce qui se trouvait sur l'étagère du bas pour atteindre les trois bouteilles allongées au fond et maintenues en place par un bocal de pickles.

– Vous aimez le vin ?

– Lequel ?

Elle posa le poulet sur le plan de travail. Plongeant la main dans le frigo, elle tira vers elle une bouteille.

– Pinot grigio. C'est bon ?

– Je n'en ai jamais goûté. D'habitude, je bois plutôt du chardonnay. Vous en avez ?

– Non.

Il alla déposer les pommes de terre qu'il avait dans les mains de l'autre côté de la cuisine, à côté du poulet, et revint prendre la bouteille.

– Ça n'a pas l'air mal, fit-il en relevant les yeux de l'étiquette. Petit goût de pomme et d'orange, à les en croire. Vous savez où je peux trouver un tire-bouchon ?

– Je vais regarder. Il me semble en avoir aperçu un quelque part.

Adrienne ouvrit un tiroir sous les casseroles, puis un autre. Sans succès. Ayant enfin déniché l'objet, elle le tendit à Paul. Leurs doigts se frôlèrent. En quelques gestes adroits, il avait ouvert la bouteille et posait le bouchon sur le comptoir. Des verres étaient suspendus sous le placard à côté du four. Il fit un pas de côté pour aller en prendre un.

– Je vous en verse aussi ?

– Pourquoi pas ? répondit-elle d'une voix un peu étouffée.

Paul remplit les deux verres et lui en tendit un. Il huma le breuvage et but une gorgée. Adrienne l'imita, se forçant à se concentrer sur la saveur. Le contact des doigts de Paul l'avait troublée et elle tentait de s'expliquer son émoi.

– Qu'en pensez-vous ? demanda-t-il.

– C'est bon.

– C'est aussi mon avis. Il fit tourbillonner le vin dans son verre. C'est même meilleur que je ne le pensais. Il faudra que je m'en souvienne.

Adrienne fit un pas en arrière, saisie d'une soudaine envie de s'enfuir.

– Je vais m'occuper du poulet.

– Vous dites ça pour que je me mette au boulot ?

78

La laissant sortir du four la grille à rôtir, il posa son verre sur le plan de travail et s'avança vers l'évier. Ayant ouvert le robinet, il prit le savon. Il se frottait les mains avec une rare méticulosité, remarqua Adrienne. D'abord le dessus, puis les paumes et enfin chaque doigt séparément. Elle alluma le four, régla le thermostat et attendit le déclic du gaz.

– Il y a un épluche-légumes ? entendit-elle dans son dos.

– Je ne l'ai pas trouvé tout à l'heure. Vous allez devoir utiliser un couteau normal. Ça ne vous dérange pas ?

Il eut un petit rire.

– Je crois que j'arriverai à me débrouiller. Je suis chirurgien, vous savez.

À peine eut-il prononcé ces mots que tout prit sens pour d'Adrienne : les rides de Paul, son regard intense, sa façon de se laver les mains. Comment n'y avait-elle pas pensé plus tôt ? Il se rapprocha d'elle pour prendre les pommes de terre et entreprit de les éplucher.

– Vous exercez à Raleigh ? demanda-t-elle.

– Dans le temps, oui. J'ai vendu mon cabinet le mois dernier.

– Vous avez pris votre retraite ?

– Si l'on veut. En fait, je pars rejoindre mon fils.

– En Équateur ?

– Bien obligé. S'il m'avait demandé mon avis, je lui aurais conseillé le sud de la France, mais je doute qu'il m'aurait écouté.

Elle rit.

– Les enfants écoutent rarement leurs parents.

– C'est bien vrai. Moi non plus, je n'ai pas écouté mon père. J'imagine que c'est une étape obligatoire dans le passage à l'âge adulte.

Pendant un moment, ils gardèrent le silence. Adrienne saupoudra le poulet d'épices. Paul pelait les pommes de terre avec des gestes efficaces et précis.

— Jean s'inquiète à cause de l'ouragan, n'est-ce pas ? demanda-t-il.

— Ça alors, comment l'avez-vous deviné ? s'étonna Adrienne en lui jetant un regard en coin.

— À la façon dont vous avez cessé de parler. Elle vous expliquait comment protéger la maison, c'est ça ?

— Vraiment, quelle perspicacité !

— Elle s'attend à une sacrée tempête... En tout cas, si vous avez besoin d'un coup de main, vous pouvez compter sur moi.

— Méfiez-vous, je pourrais vous prendre au mot. Le marteau et moi, ça fait deux. À la maison, c'est Jack qui s'occupait de ces choses, et ce n'était pas non plus le roi du bricolage.

— C'est un talent qu'on a tendance à surestimer, à mon avis, déclara-t-il en introduisant une première pomme de terre dans le robot ménager, puis une autre. Il en saisit une troisième. Je peux vous demander depuis combien de temps vous êtes divorcée ?

— Trois ans, s'entendit répondre Adrienne sans aucune envie d'entrer dans le sujet. Mais il avait quitté la maison un an plus tôt.

— Les enfants habitent avec vous ?

— Oui, la plupart du temps. En ce moment ils sont chez leur père. Pour les vacances. Et vous, ça fait longtemps ?

— Bientôt trois mois, le divorce a été prononcé en octobre. Mais elle était partie un an avant, elle aussi.

— C'est elle qui vous a quitté ?

Paul hocha la tête.

– Oui, mais c'est plus ma faute que la sienne. Je n'étais quasiment jamais là. Elle a fini par en avoir assez. J'aurais probablement fait pareil à sa place.

Adrienne garda le silence. Quel drôle de portrait cet homme donnait de lui-même ! Un portrait qui ne lui ressemblait pas du tout, pour autant qu'elle puisse en juger

– Quelle est votre spécialité, en chirurgie ?

En entendant sa réponse, elle leva les yeux sur lui. Il poursuivait, répondant à l'avance à ses questions :

– Ce qu'il y a de bien dans ce domaine, c'est qu'on voit tout de suite le résultat. Et ça procure une grande satisfaction, d'apporter du réconfort aux gens. C'est pour ça que je me suis orienté vers la chirurgie esthétique. Au début, je m'occupais surtout de reconstruction faciale. Accidents, anomalies congénitales. Mais les choses ont changé. À l'heure actuelle, la chirurgie esthétique est à la mode. Vous n'imaginez pas le nombre de nez que j'ai refaits au cours des six derniers mois.

– Et moi, qu'est-ce que je devrais me faire refaire ? demanda-t-elle en plaisantant.

– Rien du tout, de grâce ! fit-il en secouant la tête.

– Non, sérieusement.

– Je vous le dis sérieusement. À votre place, je ne changerais rien.

– Vraiment ?

– Parole de scout ! fit-il en levant deux doigts.

– Vous avez été scout ?

– Non.

Elle rit, mais elle sentit le rouge lui monter aux joues.

– Eh bien, je vous remercie, dit-elle.

– Tout le plaisir est pour moi.

Adrienne plaça le poulet dans le four et baissa le

81

thermostat, puis elle alla se laver les mains. Paul était en train de rincer les pommes de terre.

– Quoi d'autre, maintenant ? dit-il en les déposant à côté de l'évier.

– Il y a des tomates et des concombres dans le réfrigérateur.

Paul passa dans son dos pour aller les prendre, laissant derrière lui un sillage d'eau de Cologne.

– À quoi ça ressemble, de grandir à Rocky Mount ? demanda-t-il.

Après un instant d'hésitation, Adrienne se mit à bavarder sans contrainte, comme elle aimait à le faire. Elle parla de ses parents et du cheval que son père lui avait offert pour ses douze ans. Les heures passées à s'en occuper lui en avaient appris plus sur la responsabilité que tout ce qu'elle avait fait d'autre dans la vie, dit-elle. Ensuite elle décrivit avec tendresse ses années d'université – elle avait rencontré Jack à une soirée organisée par une association d'étudiants alors qu'il était en dernière année. Ils étaient restés fiancés deux ans avant de se marier ; elle avait prononcé les vœux de fidélité et de soutien avec la certitude absolue que son mariage durerait toujours. Là, sa voix se cassa et elle se dépêcha d'embrayer sur ses enfants.

Paul l'écoutait tout en préparant la salade, posant des questions de temps à autre, assez souvent pour lui faire comprendre que son récit l'intéressait. L'animation d'Adrienne, quand elle en vint à parler de son père et de ses enfants, le fit sourire. Il ajouta les croûtons qu'elle avait achetés dans l'après-midi.

Le soir tombait, les ombres sur le sol allaient presque d'un bout à l'autre de la pièce. Adrienne mit le couvert. Paul remplit les verres de vin. Ils s'assirent.

Au dîner, c'est Paul qui fit l'essentiel de la conversation. Il décrivit son enfance à la ferme, sa vie d'étudiant et son entraînement sportif. Il raconta l'épopée qu'il avait vécue non loin d'ici, dans les Outer Banks. Quand il en fut à parler de son père, Adrienne eut envie de lui parler des problèmes qu'elle avait avec le sien mais, au dernier moment, elle s'abstint. Les ex respectifs, Jack et Martha, ne furent mentionnés qu'en passant, tout comme le fils de Paul. En gros, la conversation demeura à la surface des choses, ni lui ni elle n'étant prêt à s'engager plus avant.

Le dîner touchait à sa fin. Le vent était tombé, cédant la place à une brise légère. Dans le ciel, les nuages se regroupaient dans un calme précurseur de tempête. Laissant Paul porter la vaisselle dans l'évier, Adrienne rangea les restes au réfrigérateur et jeta la bouteille vide. La marée montait. Les premiers éclairs crépitèrent à l'horizon, le monde se mit à clignoter comme sous les flashes d'un photographe, comme s'il était primordial que cette première soirée fût immortalisée à tout jamais.

8.

La cuisine rangée, Paul désigna de la tête la porte donnant sur la plage.

– Je sors faire un tour. Ça vous tente de venir avec moi ? La nuit est agréable, on dirait.

– Il ne fait pas froid ?

– Si, sûrement. Mais comme on risque de devoir mettre une croix sur les promenades pendant deux ou trois jours...

Adrienne alla jeter un coup d'œil par la fenêtre. Il fallait encore nettoyer la cuisine, mais ça pouvait attendre, n'est-ce pas ?

– D'accord. Donnez-moi juste le temps d'aller chercher ma veste.

Adrienne occupait une chambre à côté de la cuisine, dans une aile ajoutée au bâtiment par Jean quelque dix ans auparavant. Plus grande que toutes les autres, elle possédait une salle de bains agencée autour d'un Jacuzzi. Jean, qui l'utilisait régulièrement, ne manquait jamais de conseiller à Adrienne de se plonger dans l'eau, les jours de déprime. « Un long bain chaud, y a que ça de vrai ! » répétait-elle, oubliant que son amie avait un emploi du temps surchargé et trois gosses qui monopolisaient la salle de bains.

Adrienne prit sa veste dans l'armoire, attrapa une écharpe et l'enroula autour de son cou en jetant un coup d'œil au réveil. Le temps avait passé à une vitesse folle, se dit-elle, stupéfaite. Elle revint à la cuisine.

– Parée pour la marche ? lui demanda Paul, le blouson déjà sur le dos.

Elle remonta son col.

– En avant ! répondit-elle hardiment. Pour ne rien vous cacher, je n'ai pas une passion pour le froid. La faute à mes origines méridionales, je dois avoir le sang trop fluide.

– On ne restera pas dehors longtemps. Promis.

Il sortit, un grand sourire aux lèvres, tandis qu'Adrienne tournait le bouton pour éclairer le perron. Côte à côte, ils descendirent la dune et se dirigèrent vers le sable compact du bord de l'eau.

La soirée était d'une étrange beauté. L'air était frais et vif, la brume avait un goût de sel. Au loin, la foudre déchirait le ciel à intervalles réguliers de sorte que les nuages semblaient clignoter comme une guirlande de Noël. Le regard fixé sur l'horizon, elle vit du coin de l'œil que Paul scrutait le ciel, lui aussi. Ses yeux enregistrent tout, se dit-elle, tandis qu'il s'exclamait :

– Vous avez déjà vu des éclairs pareils ?

– En été, oui. Ça arrive parfois. Mais jamais en hiver.

– C'est parce que deux fronts arrivent en même temps. Ça a commencé pendant le dîner. Je me suis dit que la tempête risquait d'être plus forte que prévu.

– Espérons que vous vous trompez.

– C'est possible.

– Mais vous n'en êtes pas sûr.

Il haussa les épaules.

86

– Disons que si j'avais su qu'un ouragan était attendu j'aurais changé mes plans.

– Pourquoi ?

– Je ne suis plus un fan des tempêtes depuis que j'ai croisé sur mon chemin l'ouragan Hazel. Vous vous rappelez, en 1954 ?

– Bien sûr, mais j'étais encore toute petite à l'époque. Chez nous, l'électricité a été coupée. Je ne me souviens pas d'avoir eu peur, plutôt d'avoir été excitée comme une puce. Rocky Mount n'a pas vraiment été touché, du moins pas le quartier où j'habitais.

– Vous avez de la chance. Moi, j'avais vingt et un ans et j'étais à Duke University. Quand on a su que l'ouragan se dirigeait sur nous, des copains de l'équipe de cross se sont dit que ce serait sympa de passer la soirée tous ensemble sur la plage à Wrightsville, histoire de resserrer les liens, comme on dit. Je n'étais pas très chaud, mais comme c'était moi le capitaine de l'équipe, je me suis senti obligé d'y aller.

– Ce n'est pas à cet endroit justement que l'ouragan a frappé la côte ?

– Pas exactement, mais tout près. Avant même qu'on arrive sur l'île, les trois quarts des habitants avaient été évacués. En bons crétins, nous avons poursuivi notre route. Au début, on a bien rigolé. On pariait à qui resterait le plus longtemps face au vent sans perdre l'équilibre. C'était génial et on se disait que les gens se faisaient vraiment tout un cinéma à propos des ouragans. Au bout de quelques heures, impossible de rester dehors tellement le vent était fort. Une pluie torrentielle s'était mise à tomber. On a décidé de rentrer sur Durham. Mais pas moyen de quitter l'île. Les ponts avaient été relevés quand le

87

vent avait atteint les cent quatre-vingts kilomètres/heure. On était bloqués et le temps empirait de minute en minute. Vers deux heures du matin, on se serait cru en pleine zone de guerre. Les arbres étaient abattus, les toitures arrachées. Où que vous tourniez les yeux, vous voyiez des trucs qui volaient dans tous les sens et risquaient de vous tuer. Et tout ça dans un vacarme comme vous n'en avez jamais entendu de toute votre vie. La pluie martelait la voiture. Et, subitement, l'ouragan a frappé. C'était marée haute, et la pleine lune par-dessus le marché. Des vagues gigantesques, comme je n'en avais jamais vues, se sont mises à déferler sans relâche. Heureusement, on était assez loin de la plage, mais quatre maisons ont été soufflées, là, sous nos yeux. Plus tard, alors qu'on croyait le pire passé, voilà que des câbles de haute tension se sont détachés et ont commencé à fouetter l'air dans tous les sens. Des transformateurs explosaient partout. Un câble, tombé juste à côté de notre voiture, est resté à battre toute la nuit. Si près de nous qu'on voyait les étincelles. À certains moments, il cognait presque contre la carrosserie. Aucun de nous n'a dit un mot jusqu'au petit matin en dehors de ses prières. C'est bien la chose la plus bête que j'aie faite de ma vie.

– Vous avez de la chance d'en être sorti vivant, s'écria Adrienne, qui ne l'avait pas quitté des yeux pendant tout le récit.

Devant eux, sous la violence des vagues, la mer se couvrait de bulles semblables à de la mousse de savon.

– Je n'avais encore jamais raconté cette histoire à personne, conclut Paul au bout d'un moment.

– Pourquoi ?

– Parce que... D'une certaine façon, ce n'est pas moi. Avant, je n'avais jamais rien fait d'aussi risqué de ma vie. Ni après, d'ailleurs. C'est comme si c'était arrivé à quelqu'un d'autre. Vous ne me connaissez pas, vous ne pouvez pas comprendre. J'étais le genre de type qui ne sort jamais le vendredi soir de peur de prendre du retard dans ses études.

Elle rit.

– J'ai du mal à le croire.

– C'est pourtant la vérité.

Ils marchaient tout au bord de l'eau. Aucune lumière ne brillait dans les maisons derrière les dunes. Dans l'ombre du crépuscule, Rodanthe ressemblait à une ville fantôme.

– Je peux vous dire quelque chose ? demanda Adrienne. Mais je ne voudrais pas que vous le preniez mal.

– Allez-y.

Ils firent quelques pas, tandis qu'elle cherchait ses mots.

– Je vous ai bien écouté et pourtant..., je ne comprends pas. Vous avez dit que vous étiez un malade du boulot, mais ces gens-là ne vendent pas leur cabinet pour partir en Équateur ! Vous dites aussi que vous ne faites jamais de folies, et vous me racontez une histoire insensée. J'ai du mal à comprendre.

Paul hésita. Rien ne l'obligeait à expliquer sa conduite, ni à Adrienne, ni à qui que ce soit d'ailleurs. Et, cependant, il s'y sentait poussé, tout en marchant sous ce ciel sillonné d'éclairs de cette froide soirée de janvier. Oui, il souhaitait que cette femme le connaisse. Qu'elle le connaisse vraiment, avec toutes ses contradictions.

– C'est parce que je parle de deux personnes différentes. Du Paul Flanner que j'étais, l'enfant qui avait bûché dur pour devenir chirurgien, l'homme qui travaillait sans cesse, qui avait une femme, un fils et une grande maison à Raleigh, alors que je ne suis plus rien de tout cela aujourd'hui. J'essaie de comprendre qui est le vrai Paul Flanner. Pour ne rien vous cacher, je commence à me demander si je trouverai jamais la réponse.

– Je pense que tout le monde passe par des interrogations semblables au moins une fois dans sa vie. Mais peu de gens ont la force de pousser leur recherche jusqu'à partir s'installer en Équateur.

– Vous croyez que c'est ça, la raison de mon départ ?

Ils reprirent leur marche en silence. Au bout d'un moment, Adrienne se décida à lever les yeux sur lui.

– Non. Je crois que vous allez là-bas pour vous rapprocher de votre fils. Remarquant sa surprise, elle précisa : Ce n'était pas très dur à deviner. Vous avez à peine parlé de lui de toute la soirée. Si vous croyez que ce voyage vous y aidera, alors je suis heureuse pour vous.

Il sourit.

– Vous êtes bien la première. Mark n'a pas eu l'air ravi-ravi quand je lui ai annoncé ma venue.

– Il s'y fera.

– Vous croyez ?

– Je l'espère. C'est ce que je me dis quand j'ai des problèmes avec les enfants.

Paul laissa échapper un petit rire. Désignant pardessus son épaule la maison derrière eux, il proposa :

– On rentre ?

– Je n'y comptais plus ! J'ai les oreilles gelées.

Ils firent demi-tour, mettant leurs pas en sens inverse dans les empreintes qu'ils avaient laissées sur le sable. Le ciel encombré de nuages resplendissait d'une lueur argent bien que la lune fût cachée. Le premier roulement de tonnerre retentit au loin.

– Comment était votre mari ?

– Jack ?

Elle marqua une hésitation. À quoi bon aborder cette question... Finalement, elle se dit que ça n'avait pas d'importance. À qui Paul irait-il répéter ses propos ?

– Contrairement à vous, commença-t-elle, c'est quelqu'un qui croit s'être trouvé. Grâce à l'intervention d'une autre femme, alors que nous étions encore mariés.

– Oh ! je suis désolé.

– Moi aussi je l'ai été. Enfin, ce sont des choses qui arrivent. J'essaie de ne pas y penser.

– Et vous y parvenez ? demanda Paul, se rappelant ses larmes lorsqu'il était arrivé.

– Non, mais je m'acharne. Qu'est-ce que je peux faire d'autre ?

– Partir pour l'Équateur.

Elle roula des yeux ahuris.

– Je me vois déjà, rentrant à la maison et annonçant aux enfants : « À partir de maintenant, débrouillez-vous tout seuls, je prends la clef des champs. » Non, je suis coincée, et bien coincée. En tout cas, tant qu'ils ne seront pas tous casés à l'université. Jusque-là, ils ont besoin d'un maximum de stabilité.

– Quelle bonne mère vous faites !

– J'essaie, mais ce n'est pas toujours l'avis de mes enfants.

– Vous tiendrez votre revanche lorsqu'ils auront des enfants à leur tour.

– J'y compte bien. Je m'y exerce déjà. Je leur dis : « Surtout, empiffrez-vous de chips avant le dîner et ne faites pas votre chambre, c'est parfaitement inutile ! Et je ne veux pas vous voir avant quatre heures du matin, c'est bien compris ? »

Paul sourit. Curieusement, il prenait du plaisir à

bavarder avec cette femme, à être en sa compagnie. Elle était très belle dans la lumière argentée de l'orage grondant. Comment son mari pouvait-il l'avoir abandonnée ?

Ils rentrèrent à l'auberge d'un pas lent, plongés dans leurs pensées, n'éprouvant ni l'un ni l'autre le besoin de parler, heureux de se laisser imprégner par le fracas et la beauté alentour.

Adrienne trouvait du réconfort à ce silence. Trop de gens considèrent le silence comme un vide qu'il est indispensable de combler, même de mots sans importance. Combien de fois n'en avait-elle pas fait l'expérience, dans la farandole de cocktails et de soirées qui ponctuaient sa vie du temps de Jack. Son bonheur, dans ces moments-là, c'était de se réfugier loin des autres, dehors, sur la véranda, dès qu'elle parvenait à s'échapper. Parfois quelqu'un s'y trouvait déjà, quelqu'un qu'elle ne connaissait pas et qui, d'un salut de la tête, scellait avec elle comme un pacte secret. *Pas de questions, pas de paroles inutiles, d'accord ?* À présent, sur cette plage, elle éprouvait un sentiment identique.

Ce crépuscule, cette brise qui faisait voler ses cheveux et cinglait agréablement son visage, ces ombres en mouvement qui s'étiraient devant elle sur le sable et s'évanouissaient dans l'instant en laissant le souvenir de formes à peine identifiées, cet océan tel du charbon liquide agité de remous, tout cela procurait à Adrienne un sentiment de régénérescence à laquelle participait aussi l'homme qui cheminait à son côté – ce Paul également sensible à la magie de l'instant, cela se voyait, et qui savait, comme elle, que parler la briserait sur-le-champ.

Ils marchaient de concert dans un silence ami, et chaque pas confortait Adrienne dans la certitude qu'elle passerait volontiers du temps dans la compagnie de cet homme. En quoi cette idée serait-elle farfelue ? Il était seul, n'est-ce pas ? Elle aussi – deux voyageurs solitaires, sensibles à la beauté d'une plage déserte près d'un village au bord de l'océan qui s'appelait Rodanthe.

Ils entrèrent dans l'Auberge par l'arrière et se débarrassèrent de leurs vestes dans la cuisine. Adrienne accrocha la sienne au perroquet près de la porte, ainsi que son écharpe ; Paul suspendit son blouson au dossier d'une chaise.

Tout en soufflant dans ses mains, Adrienne vit Paul jeter un coup d'œil à la pendule et promener sur la pièce un regard indécis.

– Que diriez-vous d'une boisson bien chaude ? s'empressa-t-elle de proposer. Je peux vous faire un décaféiné.

– Vous avez du thé ?

– Je crois que j'en ai vu tout à l'heure. Laissez-moi vérifier.

Ravie de prolonger ce moment avec lui, elle traversa la cuisine pour aller fouiller dans le placard au-dessus de l'évier. Il y avait une boîte d'Earl Grey sur la planche du milieu. Elle se retourna pour la montrer à Paul, qui hocha la tête en souriant. Le contournant, elle attrapa la bouilloire et la remplit d'eau. Ils se tenaient très près l'un de l'autre. Adrienne en avait conscience, mais elle ne chercha pas à s'écarter. Quand la bouilloire siffla, elle remplit deux tasses qu'ils allèrent boire au salon, chacun dans le fauteuil à bascule qu'il occupait précédemment.

De nuit, la pièce était bien différente, plus silencieuse, plus intime. Pendant toute une heure, ils bavardèrent de choses et d'autres en toute liberté, comme deux amis qui se rencontrent. Au point que, vers la fin de la soirée, Adrienne en était, à sa grande surprise, à confier à Paul ses inquiétudes au sujet de son père et ses craintes pour l'avenir.

Ce n'était pas la première fois qu'il entendait des histoires semblables. En tant que médecin, cela lui arrivait régulièrement. Mais, jusqu'à ce soir, ces histoires n'avaient été que cela – des histoires. Chacun avait sa vie. Lui-même n'avait plus ses parents ; Martha avait encore les siens en Floride, tous deux pétulants de santé. En observant l'expression d'Adrienne tandis qu'elle lui parlait de son père, il comprit qu'il avait eu la chance de ne pas être confronté à pareil dilemme.

– Je peux faire quelque chose ? Je connais pas mal de spécialistes qui pourraient examiner son dossier.

– Merci de me le proposer, mais cela a déjà été fait. Sa dernière attaque l'a beaucoup diminué. Je ne crois pas qu'un autre traitement lui permettrait de retrouver son indépendance. Il lui faut une garde vingt-quatre heures sur vingt-quatre.

– Que comptez-vous faire ?

– Je ne sais pas. J'espère que Jack acceptera d'augmenter ma pension. Ce n'est pas impossible, il était très proche de mon père, à une époque. Sinon, je travaillerai à plein temps.

– Vous avez cherché du côté des aides gouvernementales ? demanda Paul en devinant la réponse.

– Papa pourrait y avoir droit, en effet. Mais les établissements publics de bon niveau sont à plus de deux heures de route, je ne pourrais plus le voir tous les jours. Sans parler des listes d'attente. Quant aux autres, ceux qui sont couci-couça... Non, je ne peux pas lui faire ça.

Elle fit une pause, laissant les souvenirs monter en elle.

– Je me rappelle, quand l'usine a donné une petite fête pour son départ à la retraite, je me suis dit que ce serait dur pour lui de ne plus y aller chaque matin. Il y travaillait depuis l'âge de quinze ans. Pendant toutes ces années, il n'avait manqué que deux jours, et pour cause de maladie. Une fois, j'ai fait le compte de ses heures de travail. Le total équivalait à quinze ans pleins. Quand je lui ai demandé si l'usine allait lui manquer, il m'a répondu : « Pas du tout, j'ai de grands projets. » Une douceur se répandit sur les traits d'Adrienne. Ce qu'il voulait dire, c'est qu'il allait faire enfin ce qu'il voulait et non plus ce qu'il devait : passer du temps avec moi, avec ses petits-enfants, avec ses livres ou avec ses amis. Il méritait bien quelques années de répit, non ? après tout ce qu'il avait supporté dans la vie. Elle détourna les yeux un instant. Je suis sûre qu'il vous plairait. Même maintenant.

– Je n'en doute pas. Et moi, je lui plairais ?

Adrienne sourit.

– Oh ! papa aime tout le monde. Avant ses attaques, rien ne lui plaisait davantage que d'écouter les gens, les découvrir. Il était d'une patience infinie, c'est pour cela qu'ils lui ouvraient leur cœur. Même ceux qu'il rencontrait pour la première fois. Ils lui confiaient des choses qu'ils n'auraient jamais dites à personne, parce qu'ils savaient qu'on pouvait lui faire confiance. Elle hésita. Vous savez ce que j'aime le plus en lui ?

Paul leva légèrement les sourcils. Adrienne poursuivit :

– Sa façon de me serrer sur son cœur et de me répéter : « Comme je suis fier de toi. » Cette phrase, il me l'a dite depuis ma plus tendre enfance, que je sois gaie ou triste, après une victoire comme après une défaite.

Elle se tut un moment.

– Je ne sais pas pourquoi, elle m'a toujours émue, bien que j'aie dû l'entendre des milliers de fois. Chaque fois, elle me donnait la certitude d'être aimée, quoi que je fasse. Plus tard, on en riait, papa et moi, de cette manie qu'il avait. Ça ne l'empêchait pas de me la redire encore au moment de partir. Et moi, je me sentais fondre à l'intérieur.

Paul sourit.

– Il m'a l'air d'être un homme remarquable.

– Il l'est ! dit-elle en se redressant sur son siège. C'est pour ça que je dois tout faire pour qu'il reste dans cette clinique. Il n'y a pas meilleur endroit pour lui, et puis ce n'est pas loin de chez moi. Les soins sont excellents et le personnel le traite comme un être humain. Il le mérite. Le placer dans une maison de cette qualité-là, c'est le minimum que je puisse faire pour lui.

– Il a de la chance d'avoir une fille aussi attentive.

– Moi aussi, j'ai de la chance de l'avoir.

Le regard d'Adrienne, tourné vers le mur, sembla se perdre au loin.

– Mais je parle, je parle. Excusez-moi...

– Il n'y a aucune raison de vous excuser, j'ai été heureux de vous écouter.

Se penchant légèrement en avant, elle demanda avec un sourire :

– Qu'est-ce qui vous manque le plus, dans le mariage ?

– Si je comprends bien, le sujet est clos ?

– Disons que c'est à votre tour de parler.

– Je vous dois bien ça, pensez-vous ?

– Oui, fit-elle avec un petit mouvement de l'épaule. Allez, à votre tour de vous découvrir !

Les yeux au ciel, Paul poussa un soupir de lassitude feinte.

– Ce qui me manque... Il croisa les mains. De savoir que quelqu'un m'attend à la maison, j'imagine. En général, je rentrais assez tard, Martha était déjà au lit. Mais le fait qu'elle soit là me paraissait normal et rassurant. Comme cela doit être. Et vous ?

Adrienne posa sa tasse de thé sur la table entre eux.

– Les choses de tous les jours. Avoir quelqu'un avec qui parler, avec qui partager les repas, à qui donner un baiser rapide le matin, avant même de s'être lavé les dents. En vérité, je souffre moins de ce qui me manque à moi que de ce qui manque aux enfants. C'est pour eux que je m'inquiète. Tant qu'ils sont petits, les enfants ont davantage besoin de leur mère, mais vers l'adolescence ils ont besoin 'un papa. Les filles, surtout. Je ne veux pas qu'Amanda pense que les hommes sont des imbéciles qui abandonnent femmes et enfants. Mais comment le lui faire comprendre, puisque c'est exactement ce que son père a fait ?

– Je ne sais pas.

– Les hommes ne se posent-ils donc pas la question ?

– Les types bien, comme toujours.

– Vous avez été marié longtemps ?

– Trente ans. Et vous ?

– Dix-huit.

– Si nous nous étions trouvés dans cette situation-là, vous et moi, vous croyez qu'on aurait su ?

– Su quoi ? Trouver la clef du bonheur ? Je crains que ça n'existe pas.

– Oui, vous devez avoir raison.

L'antique horloge vestibule égrena son carillon.

– Je crois que je vais aller me coucher. Demain,

la journée commence tôt, déclara Paul quand l'écho de la dernière note se fut estompé.

Il se mit à frotter sa nuque endolorie après le long trajet en voiture.

– Je me disais justement la même chose.

Ni l'un ni l'autre ne se leva. Le silence tomba, un silence de même qualité que celui qu'ils avaient partagé sur la plage. De temps à autre, Paul lançait furtivement un coup d'œil à Adrienne et se dépêchait de détourner les yeux pour qu'elle ne le voie pas.

Avec un soupir, elle finit par se lever.

– Je peux l'emporter ? demanda-t-elle en désignant la tasse de Paul. De toute façon, je dois traverser la cuisine.

Il la lui tendit en souriant.

– J'ai passé une excellente soirée.

– Moi aussi, répondit-elle.

L'instant d'après, il montait l'escalier. Adrienne le suivit des yeux puis, ayant fermé toutes les portes de l'Auberge, elle gagna sa chambre.

Elle sortit son pyjama de sa valise et entreprit de se déshabiller devant le miroir. « Pas trop tapée, d'accord, mais tu fais quand même ton âge ! » se dit-elle avec franchise en apercevant son reflet dans la glace. Paul avait été bien gentil d'affirmer qu'elle pouvait se passer des secours de la chirurgie esthétique. Il y avait bien longtemps que personne ne lui avait donné le sentiment d'être attirante.

Elle se glissa dans son lit. Il y avait une pile de magazines sur la table de chevet. Elle parcourut deux ou trois articles et éteignit la lumière. Étendue dans le noir, elle se remémora la soirée qu'elle venait de passer. Des moments de la conversation lui revenaient à l'esprit ; elle revoyait le petit sourire de Paul à certaines de ses remarques qu'il avait trouvées

98

drôles. Une bonne heure durant, Adrienne se tourna et se retourna dans son lit en s'énervant de ne pouvoir trouver le sommeil, sans imaginer un instant qu'à l'étage au-dessus Paul faisait exactement la même chose.

Le lendemain, vendredi, Paul fut réveillé par les premières lueurs de l'aube bien qu'il ait fermé volets et rideaux. Il passa dix minutes à s'étirer pour chasser ses courbatures. Après avoir ouvert les volets, il s'absorba dans la contemplation du matin. Une brume épaisse planait au-dessus de l'eau et, dans le ciel d'un gris métallique, les cumulus filaient à toute allure en lignes parallèles au rivage. L'ouragan serait là avant la tombée de la nuit, vraisemblablement dans l'après-midi.

Assis au bord du lit, il laça ses chaussures de course et enfila un léger coupe-vent. Manquaient les gants. Il enfila ses mains dans des chaussettes. Descendu au rez-de-chaussée sur la pointe des pieds, il jeta un coup d'œil dans les différentes pièces. Adrienne n'était pas encore levée. Il s'étonna d'en être légèrement déçu. Il tourna la clef dans la serrure et sortit. Un instant plus tard, il partait au petit trot pour s'échauffer.

De sa chambre, Adrienne avait entendu grincer les marches. Elle s'assit et rejeta ses couvertures. Dommage qu'elle n'ait pas préparé le café, se dit-elle en enfilant ses chaussons. Enfin... peut-être Paul n'en prenait-il pas avant de courir. Quand même, elle aurait pu lui en proposer un !

Dehors, Paul sentait ses muscles et ses articulations se détendre peu à peu. Il passa à la vitesse supérieure. Il était loin de courir aussi vite qu'à vingt ans, mais son allure était régulière et revigorante et il effectuait toujours ses huit kilomètres quotidiens. Si courir ne lui demandait pas plus d'énergie que de lire le journal, ce n'était pas seulement un exercice physique. Plutôt une forme de méditation, un des rares moments de la journée où il était seul.

C'était un matin merveilleux pour courir. D'après les pare-brise de voitures constellés de gouttelettes, il avait dû pleuvoir pendant la nuit. Une averse seulement, car les routes et les chemins étaient presque partout secs. Des filaments de brume s'attardaient dans l'air matinal, voguant d'une maison à l'autre comme une procession de fantômes. Il aurait volontiers couru sur la plage, n'en ayant pas souvent l'occasion. Mieux valait profiter de cette course pour découvrir où habitait Robert Torrelson. Il suivit la grand-route jusqu'au centre du village et tourna au croisement, en regardant autour de lui pour prendre des repères.

Un Rodanthe tel qu'il l'avait imaginé se révéla à lui, un vieux village de pêcheurs en bordure d'océan, quelque peu réfractaire à la modernité. Des maisons en bois – certaines en meilleur état que les autres, avec leurs jardinets bien entretenus et leurs parterres où des fleurs à bulbe s'épanouiraient au printemps ; des enclos délimités par des cordages et des chaînes ; des porches décorés de filets de pêche ; des cours encombrées de barques à calfater ou de moteurs à réparer. Et, partout, où que porte le regard, les marques tangibles d'une vie rude. Même les maisons qui n'avaient pas dix ans montraient des signes de vétusté. Des petits trous d'érosion piquetaient grilles et boîtes aux lettres, la peinture des façades s'écaillait et de longues stries de rouille zébraient la tôle des toits.

Certaines de ces habitations, presque des masures avec leurs vérandas vermoulues soutenues tant bien que mal à l'aide de parpaings, de briques et de poutres qui dépassaient en dessous, semblaient se cramponner coûte que coûte à leurs murs branlants pour ne pas être emportées à la prochaine tempête.

Là aussi, comme partout ailleurs malgré l'heure matinale, une activité visible se déployait. De la fumée sortait des cheminées, des gens bouchaient les ouvertures avec des planches de contreplaqué et l'air résonnait du bruit des marteaux.

Paul courait toujours. Arrivé au croisement suivant, il tourna, lut le nom de la rue et poursuivit sa course. Quelques minutes plus tard, il atteignait celle où habitait Robert Torrelson. Au 34.

Paul passa devant le 18, le 20, et releva la tête, le regard droit devant lui. Des gens interrompaient leur travail pour le suivre d'un œil circonspect. Parvenu à hauteur du 34, il ralentit pour jeter un coup d'œil discret à la maison.

Sans être délabrée, elle n'était pas mieux entretenue que ses voisines ; en la voyant, on pensait à une sorte de statu quo passé entre homme et nature dans leur lutte pour sa possession. Vieille d'un bon demi-siècle, elle se réduisait à un unique rez-de-chaussée coiffé d'un toit de tôle dépourvu de gouttière, de sorte que la pluie d'un millier de tempêtes avait laissé de longues traînées grises sur la façade blanche. Deux fauteuils à bascule tournés l'un vers l'autre occupaient la véranda, et une guirlande de lumières de Noël entourait les fenêtres.

Sur l'arrière se dressait une petite annexe dont les

portes grandes ouvertes laissaient entrevoir des coffres, des outils et deux établis où s'entassaient filets et cannes à pêche. Deux longs grappins étaient appuyés contre le mur et un ciré jaune pendait à un clou près de l'entrée.

Un homme émergea de l'obscurité, un seau à la ain. Son apparition prit Paul au dépourvu. Ce 'était pas l'heure des visites, et cette visite-là n'était pas de celles qu'on fait en survêtement. Menton relevé, il s'élança à bonne vitesse avant que l'homme ne le voie en train de scruter les lieux. Arrivé au coin suivant, il tourna et reprit peu à peu son rythme de croisière. Ce n'était pas facile. L'image de l'homme dansait devant ses yeux.

Le temps de revenir à l'Auberge, une légère sueur recouvrait le visage de Paul malgré le froid. Il parcourut les cinquante derniers mètres au pas afin de se rafraîchir. De la lumière brillait dans la cuisine. Il en sourit d'avance.

Pendant l'absence de Paul, les enfants d'Adrienne avaient téléphoné ; elle leur avait parlé à tour de rôle. Tout allait bien, ils étaient contents d'être avec leur père.

Plus tard, elle appela la maison de repos. Son père n'était pas en état de décrocher le téléphone, mais elle s'était arrangée pour que l'infirmière réponde pour lui. À la deuxième sonnerie, Gail décrochait.

– Pile à l'heure, dit-elle. J'étais justement en train de dire à votre père que vous n'alliez pas tarder à appeler.

– Comment va-t-il aujourd'hui ?

– Un peu fatigué, mais sinon il va bien. Ne quittez pas, je vous le passe. Le temps de poser le combiné près de son oreille.

L'instant d'après, la respiration haletante de son père résonnait dans l'appareil. Adrienne ferma les yeux.

– Bonjour, papa, dit-elle.

Et, pendant un long moment, elle lui « rendit visite » comme elle l'aurait fait en chair et en os. Elle lui décrivit l'Auberge et la plage, les nuages précurseurs de tempête et la foudre. Elle ne dit pas un mot sur Paul. Elle se demanda si son père avait perçu dans sa voix ce petit tremblement qu'elle-même avait bien noté, tandis qu'elle virevoltait autour du nom de Paul sans jamais le prononcer.

Paul grimpa les marches et entra dans la maison. Une accueillante odeur de bacon grillé flottait dans l'air. Quelques secondes plus tard, Adrienne émergeait des portes battantes.

Elle était en jean. Son chandail bleu clair rehaussait la nuance presque turquoise de ses yeux, dans la lumière du matin, une couleur cristalline de ciel de printemps.

– Vous vous êtes levé bien tôt, dit-elle en repoussant une mèche de cheveux derrière son oreille.

Curieusement, ce geste parut à Paul empreint de sensualité. Il essuya la sueur sur son front.

– Oui, je voulais en finir avec la course avant de démarrer la journée.

– Et ça s'est bien passé ?

– J'ai connu des moments plus glorieux. En tout cas, c'est fait.

Il restait à se balancer d'un pied sur l'autre.

– Dites donc, ça sent drôlement bon par ici.

– J'ai commencé à préparer le petit déjeuner. Elle

désigna la cuisine derrière elle. Vous voulez le prendre maintenant ou un peu plus tard ?

– Je me doucherais bien d'abord, si ça ne vous dérange pas.

– Pas du tout. De toute façon, j'avais l'intention de faire du porridge. Il me faut bien vingt minutes. Comment voulez-vous vos œufs ?

– Brouillés, c'est possible ?

– Ça doit être dans mes capacités.

Elle n'ajouta rien. Il y avait dans le regard de Paul une franchise qu'elle appréciait. Elle fit durer sa pause.

– J'y retourne avant que le bacon ne se transforme en charbon de bois, dit-elle enfin. À tout à l'heure.

– D'accord.

Paul la regarda partir. Qu'elle était jolie ! se dit-il en regagnant sa chambre. Il passa son T-shirt sous l'eau et le suspendit à la barre du rideau de douche. Puis il ouvrit le robinet. Adrienne n'avait pas menti, l'eau chaude prenait tout son temps pour monter à l'étage. Douché et rasé de près, il enfila un pantalon Dockers, une chemise à col ouvert et des mocassins.

Adrienne avait mis le couvert dans la cuisine et déposait les deux derniers plats sur la table : une anière avec des toasts et un compotier de fruits oupés en tranches. Passant à côté d'elle, Paul erçut une légère odeur de shampooing au jasmin.

– J'espère que vous ne m'en voudrez pas de vous tenir compagnie cette fois encore, dit-elle.

– Au contraire, j'y comptais bien, répondit-il en s'avançant pour lui tirer sa chaise. Je vous en prie.

Il lui fit signe de s'asseoir. Elle le laissa pousser sa chaise et le suivit des yeux tandis qu'il revenait vers la sienne.

– Je suis allée mendier un journal à l'épicerie, dit-elle. Il n'en restait plus un seul dans les présentoirs.

– Ça ne m'étonne pas. Ce matin, le village grouillait de gens qui s'interrogeaient sur la violence de l'ouragan.

– Le temps n'a pas l'air pire qu'hier.

– C'est parce que vous ne vivez pas ici.

– Vous non plus.

– Non, mais, moi, j'ai déjà été pris dans un ouragan. Je vous ai raconté la fois où je suis allé à Wilmington, quand j'étais étudiant...

Adrienne éclata de rire.

– Cette fameuse histoire que vous ne racontez jamais à personne ?

– J'imagine qu'elle me revient à l'esprit facilement parce que nous avons rompu la glace. C'est ma seule bonne histoire. Le reste n'a aucun intérêt.

– Ça m'étonnerait. De ce que vous m'en avez dit, je trouve votre vie passionnante.

Il sourit sans bien savoir s'il devait prendre sa remarque pour un compliment, mais satisfait néanmoins.

– Qu'est-ce que Jean vous a demandé de faire dans la maison ?

Adrienne se servit des œufs brouillés et lui tendit le plat.

– De ranger dans le hangar tout ce qui se trouve dans les vérandas, de fermer tous les volets et les fenêtres et d'installer les fermetures anti-ouragan. Apparemment, ça s'accroche avec des anneaux qu'on bloque à l'aide de tasseaux. En principe, tout est rangé ensemble.

– Avec l'échelle, j'espère.

– Oui. Tout est remisé sous la maison.

– Ça n'a pas l'air sorcier. Je serai ravi de vous aider quand je serai rentré de ma visite.

Elle le regarda.

– Vous êtes sûr ? Vous n'êtes pas obligé, vous savez.

– Comme je l'ai dit, je me ferai un plaisir de vous donner un coup de main. Ça m'occupera. Et puis, pour être tout à fait franc, je me vois mal restant tranquillement assis au salon pendant que vous vous tapez tout le travail dehors. Client ou pas, je me sentirais gêné.

– Merci.

– Tout le plaisir est pour moi.

Ils finirent de se servir et remplirent leurs tasses de café. Paul la regarda beurrer son toast, absorbée dans sa tâche. Qu'elle était jolie dans cette lumière grise du matin, encore plus jolie qu'hier.

– Vous allez voir cette personne dont vous avez parlé hier ?

Paul hocha la tête.

– Il m'a dit : après le petit déjeuner.

– Ça n'a pas l'air de vous réjouir.

– Je ne crois pas que l'occasion le mérite.

– Comment ça ?

Paul eut une hésitation presque imperceptible. Finalement, il se lança. Il parla de l'opération pratiquée sur Jill Torrelson, de l'autopsie, des procédures et de la lettre du mari. Quand il eut fini, Adrienne resta un moment à l'étudier.

– Et vous n'avez aucune idée de ce qu'il vous veut ?

– Je suppose que c'est en rapport avec le procès.

Adrienne n'en était pas aussi sûre, mais elle garda pour elle ses commentaires. Saisissant la cafetière, elle déclara :

– Quel que soit le résultat, je crois que vous avez raison de rencontrer ce monsieur. C'est comme pour votre fils.

Paul ne dit rien. D'ailleurs, la phrase n'appelait pas

de réponse. Qu'Adrienne comprenne ses raisons était amplement suffisant. Qu'on le comprenne, c'était la seule chose qu'il attendait des gens, ces derniers temps. Et il sentait que cette femme rencontrée seulement la veille le connaissait déjà mieux que la plupart de ses amis.

Peut-être même mieux que tout le monde.

10.

Le petit déjeuner achevé, Paul prit sa voiture pour se rendre chez Torrelson. Il aurait pu faire le chemin à pied, bien sûr, mais il ne voulait pas risquer d'être bloqué là-bas par l'ouragan si jamais la rencontre se passait mal. Tout en fouillant ses poches à la recherche de ses clefs, il aperçut Adrienne sur le pas de la porte, la main levée, comme pour lui souhaiter bonne chance. L'instant d'après, retourné sur son siège, il faisait demi-tour en marche arrière puis s'engageait dans l'allée.

Il ne lui fallut que quelques minutes pour atteindre la rue de Torrelson. Dans l'ignorance de ce qui l'attendait, il avait décidé de jouer cartes sur table, de lui raconter en détail comment s'était déroulée l'opération, sans se laisser en aucun cas entraîner dans des spéculations sur les causes possibles du décès de sa femme.

Il ralentit et se gara le long du trottoir. Moteur coupé, il prit quelques instants pour se préparer à l'entrevue. Tandis qu'il remontait l'allée, un voisin occupé à clouer un panneau de contreplaqué sur une fenêtre de sa maison interrompit son travail pour le suivre des yeux du haut de son échelle. Paul fit semblant de ne pas remarquer son regard insistant, à la fois perplexe et curieux. Parvenu à la porte, il frappa et recula de quelques pas pour se ménager un peu d'espace.

Comme personne ne venait ouvrir, il toqua de nouveau et tendit l'oreille. Aucun signe de présence à l'intérieur. Il marcha jusqu'au coin de la véranda et, penché par-dessus la balustrade, jeta un coup d'œil au bâtiment derrière. Les portes en étaient toujours ouvertes. Personne là non plus, pour autant qu'il puisse en juger. Il hésita à appeler, renonça et s'en retourna à sa voiture. Il ouvrit le coffre. Ayant pris un stylo dans sa trousse de médecin et arraché une page dans l'un des nombreux cahiers qu'elle contenait, il rédigea un court message à l'intention de Robert Torrelson, lui précisant qu'il était descendu à l'Auberge et serait en ville jusqu'à mardi matin s'il voulait toujours le rencontrer. Il repartit vers la maison et enfonça le papier plié le plus loin possible dans le jambage de la porte afin qu'il ne s'envole pas. Partagé entre la déception et le soulagement, il s'en revenait vers sa Toyota lorsque quelqu'un l'appela.

Il se retourna : un homme en sweat-shirt et bleu de travail se tenait devant la maison. Son visage ne ui dit rien. Et ce n'était pas parce qu'il ne se rappelait plus très bien les traits de Robert Torrelson, mais parce qu'il était absolument certain de n'avoir jamais vu auparavant ce type maigre d'une trentaine d'années avec un début de calvitie et, dans le regard, la même méfiance que le voisin sur l'échelle. Paul se racla la gorge.

– Je cherche Robert Torrelson. C'est bien ici qu'il habite, n'est-ce pas ?

Hochement de tête de l'homme, sans que son expression se radoucisse un tant soit peu.

– Je suis son fils.

– Il est là ?

– Vous êtes envoyé par la banque ?

Paul secoua la tête.

– Non. Je suis Paul Flanner.

Il fallut un certain temps au fils Torrelson pour faire le lien.

– Le docteur ? fit-il, d'une voix lourde de sous-entendus.

Paul acquiesça de la tête.

– Votre père m'a écrit pour me demander de venir le voir.

– Pour quelle raison ?

– Je l'ignore.

– M'a jamais parlé d'aucune lettre ! laissa tomber le jeune Torrelson, et Paul put voir ses mâchoires se contracter.

– Pouvez-vous lui dire que je suis là ?

Le fils passa les pouces dans sa ceinture.

– L'est pas là ! lâcha-t-il après un bref regard en coin vers la maison.

Un mensonge, très certainement, se dit Paul. Tout haut, il répliqua :

– Dites-lui au moins que je suis passé, voulez-vous ? J'ai laissé un mot dans la porte avec l'adresse où il peut me joindre.

– Y veut pas vous parler.

Paul eut un rapide battement des paupières.

– C'est à lui de décider, vous ne croyez pas ?

– Vous vous prenez pour qui, de Dieu ! Vous croyez que vous pouvez vous pointer ici et sortir blanchi de la situation rien qu'en embobinant mon père avec vos beaux discours ? Comme si c'était qu'un coup de déveine. Puis quoi encore ?

Paul garda le silence. Remarquant son hésitation, le fils marcha sur lui et reprit, en levant le ton :

113

– Tirez-vous ! On veut pas vous voir rôder par ici, ni moi, ni mon père !

– Très bien.

Le voyant tendre le bras vers une pelle tout à côté, Paul recula, les mains levées à hauteur des épaules.

– Je m'en vais, je m'en vais !

Il tourna les talons et se dirigea vers sa voiture.

– Et revenez pas ! hurla le type. Vous nous avez déjà fait assez de mal comme ça ! Ma mère est morte à cause de vous !

À ces mots, Paul tressaillit comme si une guêpe l'avait piqué. Il monta en voiture et démarra sans se retourner.

Il ne vit pas le voisin descendre de son échelle pour aller calmer le jeune Torrelson ; il ne vit pas celui-ci jeter sa pelle au loin et il ne vit pas non plus, derrière la fenêtre de la maison, un rideau retomber.

Il ne vit pas davantage une main usée ouvrir la porte d'entrée et ramasser le mot tombé par terre.

Quelques minutes plus tard, Paul racontait la scène à Adrienne. Ils étaient dans la cuisine, et Paul, les bras croisés en appui sur le comptoir, regardait par la fenêtre d'un œil morne, l'air buté. Il paraissait nettement plus fatigué qu'au petit déjeuner. Quant à Adrienne, son visage exprimait une compassion inquiète.

– Vous aurez fait tout ce qui était en votre pouvoir, c'est déjà ça, lui dit-elle quand il se fut tu.

– Pour le résultat !

– Peut-être qu'il ne savait pas que son père vous avait écrit.

Paul secoua la tête.

– Ce n'est pas ça. En fait, ce « réparer le mal » que je voulais, en venant ici, c'est voir si je pouvais

« réparer le mal » d'une manière ou d'une autre, faire comprendre à Torrelson ce qui s'était passé. À présent, je n'en aurai même pas l'occasion.

– Ce ne sera pas faute d'avoir essayé.

– Oui, mais cette visite me laisse quand même un sentiment de vide, bizarrement.

Le silence tomba. On n'entendit plus que le cliquètement du chauffage.

– C'est parce que vous prenez les choses à cœur, dit Adrienne. Parce que vous avez changé.

– Rien n'a changé. Les gens continuent de penser qu'elle est morte à cause de moi. Il soupira. Vous avez une idée de l'impression que ça fait de savoir que les gens croient que vous avez tué quelqu'un ? Parce que c'est de ça qu'il s'agit !

– Non, et je ne peux même pas me l'imaginer. Je ne suis jamais passée par là.

Paul hocha la tête tristement. Adrienne scruta ses traits dans l'espoir d'y lire autre chose que du défaitisme. Le voyant figé dans le découragement, elle fit un pas vers lui et saisit sa main, sans même y réfléchir, la première étonnée de son geste.

Les doigts de Paul, raides au début, se détendirent bientôt et se faufilèrent entre les siens, tandis qu'elle reprenait, avec beaucoup de délicatesse :

– Je sais bien que ce n'est pas facile, mais vous ne devez pas vous occuper de ce que pensent les autres. Il faut vous dire que, si vous aviez pu parler au père ce matin, cela n'aurait probablement rien changé aux opinions du fils. Il a été agressif parce que c'est plus simple de vous blâmer, vous, que d'accepter la mort de sa mère, d'admettre que son heure avait sonné. Vous en doutez peut-être, mais vous avez accompli quelque chose d'important en allant voir les Torrelson.

– Comment ça ?

– Vous avez écouté ce que le fils avait à vous dire. Il a tort, mais vous lui avez permis de lâcher ce qu'il avait sur le cœur. Au bout du compte, c'est probablement ce que son père souhaitait depuis le tout début. Comprenant que l'affaire ne passerait pas en justice, il voulait que vous entendiez en personne leur version de l'histoire. Que vous sachiez ce qu'ils ressentent.

– Merci à eux, c'est fou ce que ça me soulage, moi ! répliqua Paul avec un ricanement lugubre.

Adrienne exerça une légère pression sur ses doigts.

– Qu'espériez-vous ? Qu'ils écoutent gentiment ce que vous aviez à leur dire et en conviennent sur-le-champ ? Alors qu'ils avaient pris un avocat et décidé de continuer les poursuites en sachant pertinemment qu'ils n'avaient aucune chance de gagner ? Alors que tous les experts avaient rendu des conclusions identiques ? Non, ils voulaient que vous les écoutiez *eux*. Et pas l'inverse.

Paul ne répondit pas. Adrienne avait raison, il le savait au fond de lui. Surtout, il était épaté de ne pas s'en être rendu compte tout seul.

– Je comprends bien que sa phrase vous ait fait mal, poursuivit-elle, et je sais aussi qu'ils ont tort de parler comme ça, que ce n'est pas juste de vous faire porter toute la responsabilité du drame. Néanmoins, vous leur avez fait un cadeau aujourd'hui, un cadeau d'autant plus formidable que rien ne vous forçait à le faire. Vous pouvez être fier de vous.

– Vous vous attendiez donc à ce qu'ils réagissent de cette façon ?

– Disons que je ne suis pas étonnée.

– Vous vous en doutiez déjà, ce matin, quand je vous ai parlé de cette visite ?

– Je n'en aurais pas mis ma main au feu, mais j'imaginais que ça puisse tourner comme ça.

Un bref sourire éclaira le visage de Paul.

– Vous alors, vous êtes incroyable !

– C'est bien ou c'est mal ?

Il serra les doigts d'Adrienne, heureux de les sentir dans sa main. Avec le sentiment que c'était naturel, que c'était leur place depuis des années.

– Ça me paraît très, très bien, dit-il avec un léger sourire.

Pivotant sur les talons, il se tint devant elle. Adrienne eut soudain une envie folle de l'embrasser. Sa raison lui rappela brutalement qu'on était vendredi, qu'elle ne le connaissait que depuis la veille et que, dans quelques jours, il serait parti loin, très loin d'ici. Elle aussi, d'ailleurs. Elle ne se reconnaissait plus. En tout cas, elle n'était pas l'Adrienne de tous les jours, la mère attentive, la fille inquiète pour son père, l'épouse abandonnée ou la bibliothécaire efficace. Elle était quelqu'un d'autre, une inconnue pour elle-même. D'ailleurs, depuis son arrivée ici, elle avait l'impression de vivre dans un rêve.

Mais, s'ils sont agréables, les rêves ne sont jamais que des rêves. En conséquence, elle recula d'un pas et retira sa main. Elle surprit un bref éclair de déception dans les yeux de Paul avant qu'il ne détourne le regard. Elle sourit.

– Toujours d'accord pour m'aider à barricader la maison en prévision de l'ouragan ? demanda-t-elle en s'efforçant de donner à sa voix un timbre normal.

– Bien sûr. Paul hocha la tête. Je vous demande une minute, le temps de me mettre en tenue de travail.

– Prenez votre temps. Il faut encore que je file au magasin. J'ai oublié de prendre une glacière pour le cas où l'électricité serait coupée.

– O.K.

Elle fit une pause.

– Tout ira bien ?

– Comme sur des roulettes !

Elle laissa passer un instant comme pour s'assurer qu'il disait vrai, et quitta la cuisine – elle avait fait ce qu'il convenait de faire dans la situation, oui, elle avait eu raison de s'écarter de Paul et de lâcher sa main. Mais, en même temps, elle avait l'impression d'avoir tourné le dos à une bribe de bonheur, elle qui en était privée depuis si longtemps.

Paul était déjà dans sa chambre quand il entendit la voiture d'Adrienne démarrer. S'avançant vers la fenêtre, il regarda les vagues se briser sur le rivage. Que s'était-il donc produit, l'instant auparavant ? En regardant Adrienne, il avait ressenti comme un élan vers elle, une émotion singulière, évanouie aussi vite qu'elle était apparue. Et ce qu'il avait lu sur le visage d'Adrienne lui avait dit pourquoi.

Oui, il pouvait comprendre ses réserves. Finalement, tout le monde inscrivait sa vie dans des limites bien définies, et ce cadre était loin de laisser oujours une place suffisante à la spontanéité, au désir de s'abandonner à l'instant présent. La retenue, voilà ce qui, dans la vie des gens, permettait à l'ordre de prévaloir, alors que lui-même s'évertuait depuis déjà un certain temps à briser les cadres, à rejeter cet ordre auquel il avait été le premier à se soumettre pendant tant d'années.

Il n'avait pas le droit d'attendre la même liberté d'Adrienne. Elle en était à un stade de sa vie très différent. Elle avait des engagements, des responsabilités qui exigeaient de sa part ordre et programmation. Elle l'avait clairement exprimé hier soir, et il avait compris ce qu'elle disait pour avoir lui-même souscrit jadis à ces principes. Pour l'heure, Adrienne n'était pas en mesure de diriger sa vie selon d'autres lois, contrairement à lui.

En même temps, il se rendait compte que quelque chose en lui avait changé depuis qu'il était arrivé à Rodanthe. Quand cela s'était-il produit, il ne le savait pas très bien. Hier peut-être, pendant la promenade sur la plage, ou au dîner quand elle avait parlé de son père pour la première fois. À moins que ce ne soit ce matin, pendant qu'ils prenaient le petit déjeuner en tête à tête dans la douce lumière de la cuisine. Ou peut-être cela s'était-il produit juste à l'instant, quand il s'était retrouvé en train de tenir sa main, debout devant d'elle, tout près d'elle, sans autre désir au monde que poser ses lèvres sur les siennes.

Qu'importe le moment. Ce qui comptait, c'était qu'il était en train de tomber amoureux d'une femme prénommée Adrienne, qui tenait l'auberge d'une amie absente, dans un village de Caroline du Nord, au bord de l'océan.

11.

Assis dans la pièce principale devant son vieux bureau à cylindre, Robert Torrelson écoutait les coups de marteau de son fils occupé à condamner les fenêtres au fond de la maison. Il pliait et dépliait distraitement le mot laissé par Paul Flanner, épaté malgré tout que le chirurgien ait fait le déplacement. Il lui avait écrit à tout hasard, sans croire un seul instant que ce type connu tiendrait compte de sa demande, un type représenté par des hommes de loi à cravates voyantes et ceintures de croco qui, à aucun moment, n'avaient manifesté une quelconque sympathie envers lui ou ses proches. Pas de quoi s'étonner. Ces gens de la ville gagnaient des mille et des cents à pondre des montagnes de papier. Qu'on baisse ou qu'on monte seulement d'un degré la température de leur bureau, et ils tournaient de l'œil. Robert Torrelson était bien aise de n'avoir jamais eu à les fréquenter. Il n'aimait pas les gens qui s'y croyaient sous prétexte qu'ils étaient mieux instruits, plus riches ou possédaient une maison plus belle que la sienne. Et ce Paul Flanner, pour autant qu'il ait pu en juger quand il lui avait parlé après l'opération, était exactement ce genre de type. Raide et distant,

121

même s'il avait pris la peine de l'informer personnellement du déroulement de l'intervention. Ses paroles sèches et son débit haché lui avaient laissé l'impression qu'aucun malheur ne lui ferait jamais perdre une minute de sommeil. Et ça, ce n'était pas juste.

Toute sa vie, il avait agi conformément à des valeurs que son père, son grand-père et le grand-père de son grand-père avant lui respectaient déjà, des valeurs qui n'avaient rien à voir avec celles de la ville. Sa famille était installée sur les Outer Banks depuis près de deux cents ans. De génération en génération, ses ancêtres avaient pêché dans le Pamlico Sound en des temps où les poissons étaient en telle abondance qu'une seule prise suffisait à remplir l'avant du bateau. Mais les choses avaient bien changé. Il y avait à présent des quotas de pêche, des règlements, des permis, pour ne rien dire de la concurrence des grandes compagnies. Il fallait se battre pour remonter un poisson de plus en plus rare. Une fois sur deux, au moment de prendre la mer, Robert ne pouvait s'empêcher de se dire qu'il aurait bien de la chance s'il arrivait à rapporter un filet assez rempli pour payer ne serait-ce que la facture de gaz.

À soixante-sept ans, il en paraissait dix de plus. Lentement, son corps perdait la bataille contre le temps. Son visage buriné montrait de la fatigue ; une longue cicatrice lui barrait la tempe de l'œil gauche à l'oreille ; il était perclus d'arthrite et il lui manquait l'annulaire de la main droite, coupé par un treuil un jour qu'il remontait ses filets.

Jill, sa femme, ne s'était pas arrêtée à ces détails. Et maintenant elle n'était plus. Une photo d'elle trônait sur le bureau à cylindre. Robert se surprenait souvent à la regarder quand il était seul dans la pièce.

Tout en elle lui manquait : sa façon de lui masser les épaules, l'hiver, quand il rentrait de la pêche ; sa compagnie quand il écoutait de la musique à la radio sur la véranda ; son odeur quand elle se poudrait entre les seins. Une odeur simple et propre, fraîche comme celle d'un nouveau-né.

Paul Flanner avait détruit tout cela. Si Jill n'était pas allée le voir à l'hôpital, elle serait auprès de lui à cette heure.

Son fils avait dit au chirurgien ce qu'il avait sur le cœur. Maintenant, c'était à lui d'agir.

Arrivée au village, Adrienne se gara sur le petit parking recouvert de gravier en face de l'épicerie. Trois voitures s'y trouvaient déjà, rangées n'importe comment, et toutes saupoudrées d'une fine couche de sel. Ouf, le magasin était encore ouvert.

Devant, deux types d'un certain âge coiffés d'une casquette de base-ball fumaient en buvant un café. Ils la regardèrent s'extirper de sa voiture et se turent en la voyant se diriger vers eux. Ils lui firent un salut de la tête quand elle passa à leur hauteur.

Le magasin était tel qu'on pouvait s'y attendre : plancher de bois éraflé, ventilateurs au plafond, produits divers et variés en piles bien serrées les unes contre les autres. Près de la caisse, un petit tonneau avec des pickles à l'aneth, un autre avec des cacahuètes grillées. Dans le fond de la salle, un etit gril avec des hamburgers maison et des andwiches au poisson. Personne derrière le omptoir, mais une bonne odeur de nourriture grillée.

La machine à glaçons se trouvait dans un coin tout

au fond, près des vitrines frigorifiques où s'entassaient bières et autres boissons. Adrienne s'y dirigea. Main tendue, elle s'apprêtait à saisir la poignée quand elle aperçut son reflet dans la porte vitrée. Elle s'immobilisa, comme si elle se voyait avec les yeux de quelqu'un d'autre.

Combien de temps s'était-il écoulé depuis qu'un homme l'avait trouvée attirante, depuis qu'un homme qu'elle venait tout juste de rencontrer ait envie de l'embrasser ? Si on lui avait posé la question avant aujourd'hui, elle aurait répondu : depuis que Jack est parti. Mais ce n'était pas tout à fait vrai. En tout cas, pas complètement. Car Jack était son mari, et non un inconnu. En fait, si l'on prenait en compte les deux ans où ils avaient vécu ensemble avant de convoler, cela ne faisait pas loin de vingt-trois ans.

Si Jack ne l'avait pas quittée, elle aurait continué à vivre de la sorte, le sachant mais sans se rebiffer. Soudain, au beau milieu de ce magasin, cela lui parut incroyable. Ainsi, elle aurait vécu plus de la moitié de sa vie sans qu'un homme attirant ne lui manifeste d'intérêt ! Et maintenant, alors qu'il s'en présentait un, elle prenait ses jambes à son cou ! Elle avait beau se convaincre qu'elle avait agi par bon sens, elle ne pouvait s'empêcher de penser que le fait de ne pas avoir connu d'expériences pendant vingt-trois ans avait forcément joué un rôle dans sa fuite.

Paul l'attirait, indéniablement. Pas seulement parce qu'il était beau et intéressant, ni même charmant à sa façon un peu silencieuse. Pas non plus parce qu'il lui avait fait sentir qu'elle était désirable. Non, ce qui lui plaisait en lui, c'était son désir de changer, d'être meilleur qu'il ne l'avait été jusque-là. Ce n'était pas la première fois qu'elle rencontrait un malade du boulot – c'est fréquent chez les médecins et les avocats –, mais elle n'était encore jamais tombée sur quelqu'un qui ne se contente pas de formuler des vœux pieux et qui change de vie pour de bon. Et d'une façon dont la seule idée aurait terrifié la plupart des gens.

Il y avait quelque chose de noble à admettre ses défauts et à vouloir les corriger. Paul voulait établir un rapport vrai avec son fils, voilà pourquoi il partait pour l'Équateur. Et, s'il était aujourd'hui à Rodanthe, c'est parce qu'un inconnu qui cherchait réparation lui avait écrit de venir, et que Paul n'était pas homme à se défiler.

Qui donc parmi ses fréquentations agissait de la sorte ? Cela demandait de la force, du courage. Beaucoup plus qu'elle n'en possédait elle-même, se dit-elle. Ou aucun de ses amis. Et, bien qu'elle s'en défende, le fait qu'un homme de cette trempe la trouve attirante lui plaisait infiniment.

Tel était l'état d'esprit d'Adrienne quand elle s'empara des deux derniers sacs de glace et d'une glacière en mousse de polyester. Ayant réglé ses achats à la caisse, elle quitta le magasin. Des deux vieux assis sur le perron, il n'en restait qu'un seul. En passant, elle lui fit un signe de tête avec le sentiment étrange de quelqu'un se rendant le même jour à un mariage et à un enterrement.

Le ciel s'était fortement assombri durant sa brève absence. En sortant de voiture à l'Auberge, elle se sentit happée par la bourrasque. Le vent tournait en sifflant autour de la maison, long son de flûte sur une seule note qui s'étirait sans fin, comme un bruit de fantôme. Les nuages s'amassaient en tourbillonnant juste au-dessus de sa tête et se déplaçaient en gros paquets. L'océan n'était plus qu'un troupeau de moutons blancs à perte de vue, et les vagues puissantes qui déferlaient sur le rivage avaient largement recouvert la marque laissée par la dernière marée haute.

Tout en sortant ses achats de la voiture, Adrienne vit Paul émerger derrière la barrière.

– Vous avez commencé sans moi ? lui lança-t-elle.

– Pas vraiment. J'ai seulement vérifié qu'on avait bien tout ce qu'il faut. Vous avez besoin d'un coup de main ?

Adrienne secoua la tête.

– Ça va, ce n'est pas lourd. Elle désigna la porte du menton. Le temps d'entrer et je m'y attelle. Ça ne vous ennuie pas si je vais dans votre chambre fermer les volets ?

– Pas du tout.

Adrienne déposa la glacière dans la cuisine, ouvrit les sacs de glaçons à l'aide d'un couteau à découper et les déversa dans la glacière. Ayant sorti du réfrigérateur le fromage, les fruits restés du petit déjeuner et le poulet de la veille, elle les posa sur la glace. Question gastronomie, on pouvait rêver mieux, mais ce serait déjà ça. Il restait de la place dans la glacière. Elle posa une bouteille de vin sur le tout, non sans éprouver un léger frisson à l'idée de la boire plus tard avec Paul.

Refrénant son excitation, elle passa en revue toutes les fenêtres et les volets du rez-de-chaussée, ferma ce qui ne l'était pas et monta au premier. Ayant fait le tour des chambres inoccupées, elle entra dans celle de Paul.

Il avait fait son lit. Ses sacs étaient pliés près de la commode et les vêtements qu'il portait ce matin déjà rangés. À la vue de ses mocassins côte à côte, talons contre le mur, elle ne put s'empêcher de penser à ses enfants. Ils auraient pu en prendre de la graine !

Elle ferma le petit vasistas de la salle de bains et, ce faisant, jeta un coup d'œil au blaireau et à la crème à raser posés près du lavabo à côté du rasoir, de même que la lotion après-rasage. Involontairement une image lui vint : Paul penché au-dessus du lavabo ce matin. Intuitivement, elle sut qu'il aurait apprécié sa présence.

Elle secoua la tête. Elle se sentait comme une gamine en train de fureter dans la chambre à coucher des parents. Elle passa près du lit pour aller fermer la fenêtre. Dehors, Paul transportait sous la maison un des fauteuils à bascule de la véranda. À sa démarche, on lui aurait donné vingt ans de moins. Rien à voir avec Jack. Lui, il avait pris du ventre avec les années, la faute à trop de cocktails, et son bourrelet avait tendance à trembloter quand il faisait un effort. Paul était différent. De toute façon, il n'avait rien en commun avec Jack.

Ici, dans cette chambre que Paul occupait, Adrienne éprouva soudain et pour la première fois une sorte d'attente impatiente, une excitation qui s'apparentait au sentiment du joueur au moment de lancer les dés.

Pendant ce temps-là, sous la maison, Paul préparait ce dont il allait avoir besoin pour boucher les uvertures. Les fermetures anti-ouragans, des plaques en aluminium ondulé de deux mètres de haut et soixante-quinze centimètres de large, portaient tous une étiquette indiquant la fenêtre à laquelle ils étaient destinés. Il entreprit de les trier et de les sortir au pied de la maison.

Il avait presque fini quand Adrienne redescendit. Le tonnerre retentissait déjà au loin, un long grondement qui se propageait au ras de l'eau. La température commençait à chuter.

– Ça marche comme vous voulez ? demanda-t-elle

d'une voix qui lui parut inhabituelle, comme si quelqu'un d'autre avait parlé par sa bouche.

– C'est plus facile que je ne le pensais. Il suffit de faire glisser les cannelures dans les encoches en poussant bien à fond jusqu'aux croisillons et ensuite de fermer à l'aide des serre-joints.

– Et le bois pour maintenir le tout en place ?

– Il est en bon état. Comme les fixations sont toutes relevées, je n'aurai qu'à introduire les tasseaux dans les supports et à mettre deux ou trois clous. Jean n'a pas menti, c'est simple comme bonjour.

– Vous pensez que ça vous prendra combien de temps ?

– Une petite heure. Inutile que vous restiez dehors avec moi.

– Il n'y a vraiment rien que je puisse faire ? Pour vous aider, je veux dire ?

– Non, vraiment. Mais si vous voulez me tenir compagnie...

Adrienne sourit, ravie de la façon dont Paul lui avait demandé de rester.

– Marché conclu.

Pendant toute l'heure qui suivit ou presque, Paul e déplaça avec son échelle d'une fenêtre à l'autre pour installer les anti-ouragan. Le regard d'Adrienne suscitait en lui une sorte de gêne semblable à celle qu'il avait éprouvée ce matin quand elle lui avait lâché la main.

À peine venait-il de se mettre au travail que la pluie commença à tomber – une bruine qui se transforma bientôt en averse. Adrienne se plaqua contre le mur sans grand résultat, le vent tourbillonnait avec trop de violence. Paul conservait le même rythme de travail, sans accélérer ni ralentir. À croire que les éléments n'avaient pas prise sur lui. Imperturbable, il s'attaquait à une nouvelle fenêtre dès qu'il en avait terminé avec la précédente. Introduire les anti-ouragan dans les glissières, mettre les crochets et déplacer l'échelle. Le temps qu'il barricade toutes les ouvertures, le ciel était strié d'éclairs au ras de l'eau et la pluie tombait dru. Restait encore à clouer les tasseaux dans les croisillons. Paul ne se laissait pas distraire. Quatre coups de marteau par clou. Des gestes précis. Un vrai charpentier.

Ils bavardaient sans se préoccuper de la pluie. Préférant garder un tour léger à la conversation, Paul évitait soigneusement tout sujet susceptible d'être mal interprété. Dans sa jeunesse, il avait effectué bien des réparations à la ferme et se disait ravi de l'occasion qui lui était donnée de se refaire la main avant d'arriver en Équateur, où ses talents de bricoleur seraient très certainement mis à rude épreuve.

Adrienne devinait parfaitement qu'il cherchait avant tout à ne pas la brusquer, à la laisser respirer à son rythme, comme elle en avait envie, devait-il croire. Mais justement, ce dont elle avait envie, c'était d'abolir la distance entre eux. Tout chez Paul suscitait en elle une nostalgie pour quelque chose d'inconnu – sa façon de s'activer, debout sur son échelle, en s'efforçant de lui faire croire que sa tâche était un jeu d'enfant ; la forme de ses jambes et de ses cuisses sous le tissu tendu de son jean ; son regard clair qui excluait tout faux-semblant. Sous cette pluie torrentielle, elle prenait conscience de l'attraction qu'exerçaient sur elle les qualités de Paul, des qualités qu'elle aurait bien aimé posséder elle-même.

Il avait fini. Sa veste et son sweat-shirt étaient trempés, son visage pâle de froid. Ayant remisé échelle et outils sous la maison, il alla rejoindre dans la véranda une Adrienne dont les cheveux tirés en arrière avaient perdu toutes leurs boucles et dont le maquillage avait cédé la place à une beauté naturelle, authentique, une femme dont Paul devinait, sous l'anorak épais, toute la chaleur et la féminité.

C'est alors que l'orage laissa éclater sa fureur. Un immense éclair relia le ciel à l'océan, et le tonnerre retentit, aussi brutal que deux voitures se heurtant de plein fouet à grande vitesse. Un violent coup de vent plia toutes les cimes des arbres dans une seule direction. Des rafales de pluie s'abattirent, presque à l'horizontale, comme si les lois de l'attraction terrestre avaient soudain cessé d'exister.

Immobiles, ils restèrent un moment à contempler ce spectacle. Une minute de plus ou de moins sous le déluge ne changerait pas grand-chose puisqu'ils dégoulinaient déjà. Enfin, ils firent demi-tour et rentrèrent dans la maison en silence, acceptant à l'avance tout ce qui pourrait s'ensuivre.

12.

Trempés et grelottants, Paul et Adrienne se reti-
rèrent chacun dans leur chambre. Après s'être désha-
billé, Paul ouvrit le robinet de la douche et attendit
que la vapeur s'échappe de derrière le rideau pour
se faufiler sous le jet. Un certain temps s'écoula
avant que son corps se réchauffe. Il resta sous l'eau
bien plus longuement qu'à son habitude et se rhabilla
en prenant tout son temps. Pourtant, quand il redescendit au rez-de-chaussée, Adrienne n'avait pas
réapparu.

Toutes les fenêtres étant barricadées, la maison
était plongée dans le noir. Il alluma la lumière dans
le salon avant d'aller se faire un café à la cuisine. Le
battement furieux de la pluie contre les panneaux
anti-ouragan se répercutait dans la vieille demeure,
la faisait vibrer tout entière. Le tonnerre roulait sans
interruption ; son fracas à la fois proche et lointain
faisait penser à une gare ferroviaire en pleine activité.

Le café prêt, Paul emporta sa tasse dans le salon.
Avec ces fenêtres bouchées et ces lampes allumées,
on se serait cru en fin de soirée. Il s'avança vers la
cheminée. Ayant ouvert le clapet du conduit, il
empila trois bûches dans l'âtre en veillant à les

espacer pour que l'air circule librement. Puis il les aspergea de liquide inflammable. Il trouva des allumettes dans un coffret en bois posé sur le manteau de la cheminée. Il en craqua une. Une forte odeur de soufre emplit ses narines.

Le bois était sec, le feu prit rapidement et l'on entendit bientôt, quand les bûches s'enflammèrent, omme un bruit de papier froissé. Quelques minutes plus tard, il commençait à dégager de la chaleur. Paul rapprocha son fauteuil et tendit les jambes vers la flambée.

Il se sentait bien. Un détail, cependant, l'empêchait d'être véritablement à l'aise. La lumière, se dit-il. Il alla éteindre le plafonnier à l'autre bout de la pièce et sourit. Bien mieux, se dit-il, incomparablement mieux.

Dans sa chambre Adrienne prenait tout son temps. Décidée à mettre en pratique les conseils de Jean, elle avait commencé par se faire couler un bain. Tiens ! se dit-elle en entrant dans la baignoire. De l'eau continuait de couler dans les tuyaux alors que ses robinets à elle étaient fermés. Paul devait prendre une douche. Il y avait dans cette constatation une sensualité inhabituelle à laquelle elle ne tenta pas de résister.

Qu'une émotion de cette nature puisse s'emparer d'elle, elle ne l'aurait jamais imaginé deux jours plus tôt. Pas plus qu'elle n'aurait cru possible d'éprouver un sentiment pour qui que ce soit, surtout un parfait inconnu. Ces choses-là n'avaient pas leur place dans sa vie – du moins, pas ces derniers temps. À qui la faute ? À ses enfants, à ses multiples activités qui ne lui laissaient pas une minute ? Non, ce ne serait pas honnête de leur faire porter toute la responsabilité, car la faute venait autant d'elle-même, il fallait bien l'admettre, de ce qu'elle était devenue à la suite de son divorce.

Oui, elle s'était sentie trahie et en en avait voulu à Jack. Tout le monde pouvait le comprendre. Par ailleurs, que Jack ne l'ait pas simplement quittée, mais quittée pour une autre femme, donnait à ce départ un sens qui dépassait le simple abandon. Il impliquait une réalité qu'Adrienne s'interdisait de ressasser Mais, parfois, c'était plus fort qu'elle : son mari l'avait rejetée, il avait rejeté la vie qu'ils avaient vécue ensemble ! Et ça, c'était un coup fatal qui ne la frappait pas seulement dans son identité d'épouse et de mère, mais aussi dans son identité de femme. Jack avait beau dire qu'il n'avait rien fait pour tomber amoureux de Linda, qu'il ne s'en était pas rendu compte, ce raz de marée sentimental n'avait tout de même pas annihilé d'un coup toutes ses facultés de réflexion. Pour se décider, il avait bien fallu qu'il prenne conscience de la situation à un moment ou à un autre. Et, à ce moment-là, quand il avait choisi de vivre avec Linda, il avait forcément pensé aux conséquences. Étudié les divers cas de figure. Qu'il ait tenté ou non de lever le pied, de freiner les événements, il n'en demeurait pas moins que son choix revenait à déclarer à Adrienne non seulement que Linda était mieux qu'elle en tout, mais qu'elle, Adrienne, ne valait même pas le temps ou l'effort nécessaire pour colmater la brèche qui, à l'en croire, s'était creusée entre eux.

Comment réagir face à un rejet aussi total ? Facile aux autres d'accuser le démon de midi, de se dire qu'elle n'y était pour rien. Ce rejet la frappait de plein fouet dans son être le plus intime. Au premier chef, dans sa féminité. Comment peut-on être sensuelle quand on ne se sent pas attirante ? Et trois ans sans un seul rendez-vous galant, ce n'est pas fait pour rehausser l'idée qu'on a de soi-même.

Comment avait-elle réagi ? En se consacrant totalement à ses enfants, à son père, à sa maison, à son travail, l'œil vissé sur les factures. Consciemment ou non, elle avait peu à peu mis de côté tout ce qui lui onnait l'occasion de penser à elle. Finis les papotages au téléphone avec les amies, finis les longues promenades et les bains, fini le jardinage. Désormais, ses activités ne laissaient pas de place au divertissement. Adrienne avait donné ce tour à sa vie pour mieux la tenir en main, croyait-elle. Elle se rendait compte à présent que cela n'avait servi à rien.

Pire, cela avait été une erreur. Du moment où elle ouvrait les yeux le matin au moment où elle les fermait le soir, elle n'avait pas un instant de répit. Et, comme elle s'interdisait toute récompense, elle n'avait rien à espérer de la vie. Son train-train quotidien était une succession de corvées – ce qui aurait suffi à déprimer n'importe qui. En abandonnant ces mille petits riens qui font que la vie vaut la peine d'être vécue, elle n'avait réussi qu'à oublier qui elle était vraiment. Et, cela, elle ne le découvrait qu'aujourd'hui.

Alors que Paul semblait l'avoir perçu immédiatement, dès qu'il avait posé les yeux sur elle. D'une certaine manière, c'était ce peu de temps passé en sa compagnie qui permettait à Adrienne d'en prendre conscience aujourd'hui.

Bon. Elle n'allait pas passer le week-end à faire la liste de ses erreurs. Le passé était révolu, on ne pouvait pas le changer. Alors que l'avenir était ouvert, à portée de main. Il était temps de songer à la façon de mener sa barque dorénavant. Pas question de vivre le reste de ses jours comme elle avait vécu ces trois dernières années.

Elle se rasa les jambes et resta à barboter, assez longtemps pour que la mousse se dissolve et que l'eau commence à refroidir. Après s'être séchée, elle saisit la lotion corporelle posée près du lavabo. Jean ne lui en voudrait pas. Elle se massa les jambes, le ventre, les seins et les bras, en prenant un plaisir évident à sentir sa peau s'éveiller à la vie.

Enroulée dans une serviette, elle alla fouiller dans sa valise. Voilà bien la force de l'habitude ! se gronda-t-elle, en se voyant sortir un jean et un chandail. Puisque tu as décidé de changer de vie, commence donc tout de suite. Elle remit les affaires à leur place. Elle n'avait pas emporté beaucoup de vêtements, en tout cas rien de particulièrement élégant, mais elle avait avec elle le pantalon noir et le chemisier blanc qu'Amanda lui avait offerts à Noël. Elle les avait pris dans le vague espoir de sortir peut-être un soir. Pourquoi ne pas les mettre maintenant, quand bien même le temps allait l'obliger à passer la journée enfermée à l'auberge ? Cette occasion en valait bien une autre.

Après un brushing, Adrienne entreprit de se maquiller : mascara sur les cils, blush sur les joues, un soupçon de rouge sur les lèvres. Ce tube, elle l'avait acheté à Belk des mois auparavant et ne l'avait pour ainsi dire jamais utilisé. Tendue vers le miroir, elle étala un peu d'ombre sur ses paupières pour rehausser la couleur de ses yeux, comme dans les premières années de son mariage. Elle tira sur son chemisier pour l'ajuster et se sourit dans la glace. Une éternité qu'elle n'avait pas été aussi jolie !

Elle quitta sa chambre et traversa la cuisine. Il y flottait une bonne odeur de café. C'était la boisson qu'elle aurait bue d'habitude en un jour semblable, d'autant qu'on était encore en milieu d'après-midi. Pourtant, elle ne prit pas la peine de s'en verser une tasse. Elle sortit la dernière bouteille de vin du réfrigérateur. Et, portée par le sentiment formidable de dominer la situation, elle se dirigea vers le salon, chargée de deux verres et du tire-bouchon.

Paul avait allumé le feu et changé de place quelques objets dans la pièce. À croire qu'il avait pressenti son humeur. Dans la lumière rougeoyante des flammes, son visage resplendissait. Bien qu'elle n'ait pas fait de bruit, il dut sentir sa présence car il se retourna.

À sa vue, il resta ébahi, les mots se bloquèrent dans sa gorge. Interloquée, presque gênée, Adrienne garda le silence.

– C'est trop ? demanda-t-elle enfin.

Paul secoua la tête, incapable de faire autre chose que de la fixer intensément.

– Non, non, pas du tout. Vous êtes... si belle.

– Merci, répondit Adrienne avec un sourire intimidé.

Elle avait parlé d'une voix toute douce, presque un chuchotement, d'une voix qui n'était plus la sienne depuis des années.

Interdits, ils continuaient à se dévorer du regard.

– Vous voulez du vin ? finit par demander Adrienne en montrant la bouteille. Je sais que vous buvez un café, mais avec l'orage je me suis dit que cela vous ferait peut-être plaisir.

Paul se racla légèrement la gorge.

– Mais c'est une excellente idée. Vous voulez que je la débouche ?

– Mieux vaut que vous vous en chargiez, en effet. À moins que vous ne teniez absolument à voir flotter des petits bouts de bouchon dans votre verre. Je n'ai jamais eu le coup de main.

Paul se leva de son fauteuil, Adrienne lui tendit le tire-bouchon. Il déboucha la bouteille à petits gestes précis et rapides puis remplit les verres qu'Adrienne lui présentait. Ayant reposé la bouteille sur la table, il prit son verre et retourna vers son fauteuil. Adrienne s'installa dans celui qu'elle avait occupé la veille, non sans remarquer que l'espace entre les sièges avait nettement diminué.

Elle but une gorgée de vin, enchantée d'elle-même et de la situation : de sa personne, des sentiments qui voyaient le jour dans son cœur, du goût du vin, de l'arrangement du salon, de ce feu qui faisait danser les ombres tout autour, et de la pluie qui tambourinait contre la maison.

– C'est beau. Quelle bonne idée d'avoir fait du feu.

Dans l'air qui commençait à se réchauffer, Paul reçut une bouffée du parfum qu'elle portait. Il remua dans son fauteuil.

– J'étais frigorifié. Chaque année qui passe, il me faut plus de temps pour chauffer mes vieux os.

– Après l'exercice que vous avez fait tout à l'heure ? Je me disais au contraire que vous parveniez drôlement bien à défier les ravages du temps.

Il rit doucement.

– J'aimerais bien.

– En tout cas, vous en donnez l'impression.

– Vous ne m'avez pas vu le matin.

– Vous ne courez plus tous les jours ?

– Au réveil, je veux dire. Quand je sors du lit, c'est à peine si je peux bouger. Je clopine comme un petit vieux. De tant courir tout au long des années, ça finit par user.

Il tourna la tête vers Adrienne. Le feu se reflétait dans ses prunelles tandis qu'elle se balançait, comme lui, dans son fauteuil.

– Vous avez eu vos enfants au téléphone, aujourd'hui ? enchaîna-t-il, se forçant à détourner les yeux alors qu'il bouillait de la regarder encore et encore.

Elle hocha la tête.

— Ils ont appelé ce matin pendant que vous étiez sorti. Ils étaient sur le départ. Ils passent le week-end à Snowshoe, en Virginie-Occidentale. Ils tenaient à prendre des nouvelles de la station avant de s'élancer sur les pistes. Ça fait deux mois qu'ils en rêvent.

— Ils vont sûrement bien s'amuser.

— Oui, pour ce qui est de l'amusement, ils peuvent compter sur leur père. Jack programme toujours une quantité de distractions quand ils vont chez lui. Comme si la vie avec lui n'était qu'une immense partie de rigolade. Elle fit une pause. Oh ! je ne suis pas jalouse. De son côté, il rate bien des moments formidables. Pour rien au monde je ne lui céderais ma place. Les années perdues le sont à jamais.

— Je sais, murmura Paul d'une voix étouffée.

Adrienne fit une grimace.

— Oh ! excusez-moi. Je n'aurais pas dû dire ça.

Il secoua la tête.

— Ce n'est pas grave, je ne me suis pas senti visé. Je sais très bien que j'ai raté plus de choses que je n'en retrouverai jamais. Enfin... Au moins, maintenant, j'essaie de rattraper ce qui peut encore l'être. Espérons que ça marchera.

— J'en suis sûre.

— Vous le croyez vraiment ?

— Je ne le crois pas, je le sais ! Vous êtes le genre de type qui atteint toujours ses objectifs.

— Ce n'est pas facile, cette fois.

— Pourquoi ça ?

— Je ne suis pas dans les meilleurs termes avec Mark. Disons-le carrément, nous ne nous parlons plus. Depuis des années, c'est à peine si nous échangeons trois mots quand nous nous rencontrons.

Elle leva les yeux sur lui sans trop savoir quoi répondre.

– Je n'avais pas compris que ça faisait si long-temps, dit-elle enfin.

– Vous ne pouviez pas le deviner. Je ne m'en vante pas, d'habitude.

– Qu'allez-vous lui dire ? Au début, je veux dire.

– Je n'en sais strictement rien. Vous avez une idée ? demanda-t-il en tournant la tête vers elle. Vous avez l'air plutôt adroite dans les rapports parents-enfants.

– Pas tant que ça. Et puis, pour vous suggérer un moyen, il faudrait que je connaisse un peu le pro-blème.

– C'est une longue histoire.

– Nous avons toute la journée si vous avez envie d'en parler.

Paul but une gorgée de vin comme pour se donner du courage. Et, pendant la demi-heure qui suivit, au bruit croissant du vent et de la pluie, il expliqua à Adrienne ses rapports avec Mark sans rien cacher de ses torts : son absence pendant l'enfance de son fils, leur dispute au restaurant, son incapacité à trouver la force de combler le fossé. Quand il se tut enfin, la plupart des bûches dans la cheminée n'étaient plus que des braises. Adrienne garda le silence un moment.

– Pas facile, en effet, lâcha-t-elle enfin.

– Je sais.

– Mais tout n'est pas de votre faute, vous savez. Pour mener un combat, il faut deux adversaires.

– C'est un peu abscons.

– Il n'empêche que c'est vrai.

– Qu'est-ce que vous feriez à ma place ?

– Au début j'éviterais d'agir tambour battant. Je

ne prendrais pas le problème à bras-le-corps, j'attendrais un peu, le temps de faire connaissance.

Il sourit.

– Vos enfants ont bien de la chance d'avoir une mère aussi perspicace. J'espère qu'ils s'en rendent compte.

– Sûrement pas, mais je ne perds pas espoir.

Il rit. À la douce clarté du feu, le teint d'Adrienne semblait irradier. Une bûche craqua, expédiant une gerbe d'étincelles haut dans la cheminée. Paul remplit de nouveau les verres.

– Combien de temps comptez-vous rester en Équateur ? demanda-t-elle.

– Je ne sais pas encore. Ça dépend de Mark, j'imagine. Tant qu'il n'en aura pas marre de moi. Les yeux fixés sur son verre, il fit tourner son vin. Un an, je pense. En tout cas, c'est ce que j'ai dit au directeur du centre.

– Et après, vous reviendrez ici ?

Il haussa les épaules.

– Qui sait ? N'importe où, je suppose. Rien ne me force à retourner à Raleigh. Pour être franc, je n'ai pas encore réfléchi à la question. Je me ferai peut-être gardien de pension de famille en l'absence des propriétaires.

Elle rit.

– Je ne crois pas que ça vous amuserait longtemps.

– Oui, mais je serais formidable en cas d'ouragan.

– C'est exact, mais il faudrait que vous appreniez à faire la cuisine.

– Là, vous marquez un point. Paul lui lança un coup d'œil, le visage à moitié dans l'ombre. Sinon, je pourrais m'installer à Rocky Mount et voir venir.

À ces mots, Adrienne sentit le sang affluer à ses joues.

140

– Ne dites pas ça ! fit-elle en secouant la tête, et elle détourna vivement les yeux.

– Pas quoi ?

– Ce que vous ne pensez pas.

– Qu'est-ce qui vous fait croire que je ne le pense pas ?

Adrienne ne répondit pas et continua de regarder ailleurs. Dans le silence qui était tombé, Paul nota qu'elle haletait un peu. Sa poitrine s'enflait et se creusait, et l'ombre d'une crainte dont il ne sut déchiffrer la cause passa sur ses traits. Voulait-elle qu'il vienne et craignit qu'il ne le fasse pas, ou ne voulait-elle pas qu'il vienne et craignait qu'il ne le fasse ? Il posa la main sur son bras. Quand il se remit à parler, ce fut pour dire d'une voix toute douce, comme on réconforte un petit enfant :

– Excusez-moi si ma phrase vous a mise mal à l'aise, mais ce week-end... J'ignorais que ces choses-là pouvaient exister. Je veux dire, c'est comme un rêve. Vous êtes un rêve.

Adrienne sentait la chaleur de Paul se diffuser jusqu'au cœur de ses os.

– Pour moi aussi, ç'a a été merveilleux.

– Mais vous n'avez pas le même sentiment que moi.

Elle se décida enfin à le regarder.

– Paul, je...

– Non, vous n'avez rien besoin de dire...

– Mais si, l'interrompit-elle. Vous voulez une réponse, et je voudrais vous la donner. Elle fit une pause afin de rassembler ses pensées. Ma séparation d'avec Jack n'a pas été seulement la fin d'un mariage, ç'a a été la fin de tout ce à quoi j'avais rêvé dans la vie. Ç'a a été ma fin aussi. J'ai cru que je voulais aller de l'avant, et j'ai essayé, mais le monde n'avait pas du tout l'air de s'intéresser à ce que j'étais devenue. Les hommes non plus, en général. Du coup, j'imagine que je me suis enfermée dans ma coquille. Je ne m'en étais encore jamais rendu compte avant ce week-end. Je n'ai pas eu le temps de m'habituer à cette idée.

– Je ne suis pas sûr de bien vous comprendre.

– Je ne dis pas cela parce que je ne veux pas vous revoir. Au contraire, j'aimerais beaucoup. Vous avez du charme, vous êtes intelligent, et ces deux jours ont été pour moi beaucoup plus importants que vous ne l'imaginez sans doute. Mais vous installer à Rocky Mount... C'est long, un an. Qui peut dire où nous en serons dans un an, vous et moi ? Regardez comme vous avez changé au cours des six derniers mois. Pouvez-vous dire en toute sincérité que vous éprouverez les mêmes sentiments dans un an ?

– Oui, dit-il, je le peux.

– Comment pouvez-vous en être si sûr ?

Dehors, le vent s'était transformé en une rafale continue qui hurlait contre la maison ; la pluie martelait les murs et le toit et, sous la poussée ininterrompue des éléments, la vieille auberge grinçait dans ses moindres recoins.

Paul posa son verre sur la table. Regardant Adrienne, il comprit qu'elle était la plus belle créature qu'il ait vue de sa vie.

– Je le sais, dit-il, parce que vous êtes la seule raison capable de me faire jamais revenir.

– Paul... je vous en prie.

Adrienne ferma les yeux et, pendant un moment, Paul crut qu'il l'avait perdue à jamais. Cette pensée l'effraya à un point qu'il n'imaginait pas. Il sentit s'effondrer ses dernières résistances et préféra détourner le regard. Il contempla le plafond, puis fixa le plancher et finit par reposer les yeux sur Adrienne. Quittant son fauteuil, il vint s'accroupir devant elle et, du doigt, la força à tourner le visage vers lui. Il l'aimait, il aimait tout en elle. Il le savait et il savait aussi que sa certitude était sans faille.

– Adrienne, prononça-t-il à mi-voix.

Quand elle se décida enfin à croiser son regard insistant, elle y lut toute l'émotion qui l'agitait et son intuition lui souffla distinctement les mots que Paul ne disait pas. Ce fut suffisant. Et, tandis qu'il la tenait prisonnière de ce regard inébranlable, elle comprit qu'elle l'aimait, elle aussi.

Pendant un long moment, ni l'un ni l'autre ne sut que faire, puis Paul prit la main d'Adrienne entre les siennes. Avec un soupir, elle se laissa retomber en arrière et abandonna sa main à Paul qui la caressa de son pouce en traçant de petits cercles.

Il sourit, attendant une réponse. Adrienne gardait le silence, heureuse apparemment. Paul ne parvenait pas à déchiffrer véritablement son expression, qui lui semblait contenir un peu de tous les sentiments qu'il éprouvait lui-même : espoir mêlé de crainte, gêne et acceptation à la fois, passion mais aussi réserve. Se disant qu'elle avait peut-être besoin de liberté, il lâcha sa main et se redressa.

– Je vais ajouter une bûche, le feu est sur le point de s'éteindre.

Elle hocha la tête. Par les fentes de ses paupières mi-closes, elle regarda le tissu de son jean se tendre autour de ses cuisses tandis qu'il s'accroupissait devant l'âtre.

Tu es folle, se disait-elle. Tu as quarante-cinq ans, nom d'un chien, tu n'es plus une gamine. Ce genre de chose n'existe pas pour de vrai. C'est le produit de l'orage, du vin et de la solitude. La combinaison de tout ce que tu voudras, mais ce n'est pas de l'amour.

Pourtant, tout en regardant Paul s'affairer, les

yeux fixés sur les flammes qui s'embrasaient paisiblement, elle sut avec certitude que c'était bien de l'amour. Cette façon qu'il avait de la regarder, sa voix tremblante quand il chuchotait son nom ne laissaient pas de place au doute. Les sentiments de Paul étaient vrais, elle en était convaincue. Il en allait de même avec les siens.

Mais que signifiait donc aimer ? Pour Paul, pour elle ? Aussi merveilleuse que soit la certitude d'être aimé, l'amour ne s'arrête pas au seul sentiment, il implique aussi le désir. Et de lire le désir dans le regard de Paul, voilà ce qui l'avait effrayée. Bien plus que de découvrir qu'il l'aimait. Jusqu'à présent, elle avait toujours considéré que faire l'amour n'était pas seulement un acte agréable nécessitant la participation de deux individus, mais un échange entre un homme et une femme qui choisissaient de vivre ensemble, un moment où intervenaient la confiance, l'engagement, les espoirs et les rêves, la volonté d'arriver à bon port en dépit des tempêtes. Adrienne ne comprenait pas plus les adeptes de l'amour strictement physique que les cœurs d'artichaut qui se découvrent une passion nouvelle tous les deux mois. À ses yeux, ces deux attitudes réduisaient l'amour à un geste aussi superficiel qu'un baiser d'au revoir sur le pas de la porte.

D'une certaine façon, qu'elle aime Paul et soit aimée de lui ne comptait pas. L'important, c'est que, si elle allait au bout de ses sentiments et passait la nuit avec lui, son amour allait changer de nature. Sitôt qu'elle aurait franchi la frontière érigée dans son esprit, elle atteindrait un point de non-retour. Dans sa tête, Paul et elle seraient désormais liés pour le restant de leur vie, et elle n'était pas sûre d'être prête à un tel bouleversement.

Pour ne rien dire d'un doute plus immédiat :

saurait-elle encore faire les gestes de l'amour ? Jack n'était pas seulement le seul homme qu'elle ait connu, il était aussi le seul auprès duquel elle ait eu envie de vivre, et ce pendant dix-huit ans. La perspective de se donner à un autre inspirait à Adrienne une certaine anxiété. Faire l'amour était une danse délicate, faite de concessions mutuelles. À l'idée de décevoir Paul, elle était tentée de tout interrompre dans l'instant.

Mais ce n'était pas possible. Plus maintenant, depuis qu'elle avait lu la vérité dans son regard et découvert ses propres sentiments pour lui.

Elle avait la gorge sèche et les jambes en coton. Néanmoins, elle se leva. Paul était toujours accroupi devant le feu. Elle vint poser ses mains au creux de sa nuque, dans la région douce entre épaules et cou. Elle le sentit se crisper. Il poussa un soupir, les muscles de son dos se relâchèrent sous ses doigts. Il se retourna, la tête levée vers elle. Elle comprit alors que ses ultimes résistances avaient cédé. Tout était comme cela devait être, Paul était comme il devait l'être. Debout derrière lui, Adrienne comprit qu'elle s'autorisait à franchir le point de non-retour.

Dehors, la foudre déchirait le ciel. Le vent et la pluie, ne faisant plus qu'un, soumettaient l'Auberge à un martèlement sans relâche. Les flammes avaient recommencé à danser haut dans l'âtre et une douce chaleur avait envahi le salon.

Paul se releva et fit face à Adrienne. D'un air très tendre, il lui prit la main. Elle s'attendait à ce qu'il l'embrasse, il n'en fit rien. À la place, il porta sa main à son visage et la tint pressée contre sa joue, les yeux fermés, comme pour inscrire à tout jamais cette sensation dans son cœur.

Sur un baiser, il finit par libérer sa main et ouvrit les yeux. La tête penchée sur le côté, il se tendit vers

Adrienne jusqu'à effleurer sa joue de ses lèvres. Après une myriade de baisers légers comme des papillons, ses lèvres finirent par rencontrer celles d'Adrienne et il l'enlaça.

Elle se lova dans ses bras. Ses seins s'écrasèrent contre sa poitrine. Au deuxième baiser, elle sentit le contact très légèrement râpeux de la joue de Paul contre la sienne.

Tandis qu'il la serrait contre lui, massant son dos et caressant ses bras, elle écarta les lèvres. La langue de Paul était humide. Il l'embrassa dans le cou, sur a joue. Sa main s'aventura jusqu'au ventre d'Adrienne. À ce contact, elle se crut parcourue de décharges électriques et retint son souffle quand il fit remonter sa main vers ses seins. Ils s'embrassèrent encore et encore jusqu'à ce que le monde autour d'eux ne soit plus qu'une chose lointaine et irréelle, qui n'existait plus pour aucun d'eux. Et, tandis qu'ils se serraient toujours plus l'un contre l'autre, leur fusion ne fut plus seulement le désir de se tenir embrassés, mais d'embrasser aussi tous les douloureux souvenirs dont chacun d'eux était fait.

Il enfouit les mains dans ses cheveux, elle posa la tête contre sa poitrine. Le cœur de Paul battait aussi vite que le sien.

Quand finalement ils furent capables de se séparer, Adrienne se surprit à tendre la main pour saisir celle de Paul.

Elle fit un petit pas en arrière et, le tirant gentiment, l'entraîna vers sa chambre à l'étage.

13.

Dans la cuisine de Rocky Mount, Amanda regarda Adrienne. Elle n'avait pas dit un mot depuis que sa mère avait commencé son récit. En revanche, elle avait descendu deux verres de vin, le second un peu plus rapidement que le premier. À présent, toutes deux se taisaient mais Adrienne devinait l'impatience de sa fille.

Non, elle ne lui raconterait pas la suite, ce n'était pas nécessaire. Amanda n'était plus un bébé. Elle savait ce que voulait dire faire l'amour, elle avait vécu assez pour savoir que la découverte mutuelle de deux personnes, aussi merveilleuse soit-elle, n'était qu'un seul aspect de l'amour. Adrienne avait aimé Paul. S'il n'avait pas tant compté pour elle, si leur aventure d'un week-end s'était bornée à l'expérience physique, le seul souvenir qu'elle en aurait gardé aurait été le plaisir, souvenir exceptionnel pour une femme seule depuis si longtemps. Mais ce que Paul et elle avaient partagé c'étaient des sentiments à présent enfouis depuis des années et qui n'avaient de sens que pour eux deux. Pour eux seuls.

Amanda était sa fille. Qu'on la juge vieux jeu ou pas, Adrienne considérait inconvenant de tout lui

147

raconter. D'autres étaient peut-être capables de
parler de ces choses-là, mais pas elle. À ses yeux, la
chambre à coucher était un lieu où l'on partageait
des secrets. Aurait-elle accepté d'aborder le sujet
qu'elle n'aurait su trouver les mots. Comment
décrire à sa fille l'émoi ressenti quand Paul avait
déboutonné son chemisier ; le frisson qui l'avait parcourue des pieds à la tête quand il avait tracé du
doigt une ligne le long de son ventre ; leur chaleur à
tous deux quand le plaisir les avait embrasés ; le souvenir de la bouche de Paul en train de l'embrasser
ou de ses ongles à elle égratignant son dos de ses
doigts crispés ? Et que dire de leur halètement, de
l'accélération de leur souffle quand ils n'avaient fait
plus qu'un ? Non, ce n'étaient pas des détails qu'on
pouvait raconter à sa fille. Pas Adrienne, en tout cas.
La magie du sentiment éprouvé entre les bras de
Paul, seule son imagination à elle avait le pouvoir de
la recréer. Qu'Amanda se figure cela par elle-même !

– Maman ? finit par chuchoter celle-ci.

– Tu veux savoir ce qui s'est passé après ?

Amanda déglutit, un peu gênée.

– La réponse est oui, déclara Adrienne, et elle
n'en dit pas plus.

– Tu veux dire... ?

– Oui, dit-elle encore.

Amanda but une gorgée de vin pour se ressaisir.

– Et ensuite ?

Adrienne se pencha en avant comme si les murs
avaient des oreilles.

– Oui, répéta-t-elle d'une voix encore plus basse,
et elle détourna les yeux, plongée dans son passé.

Ils avaient fait l'amour, cet après-midi-là, et
n'avaient pas quitté le lit. Et tandis que dehors la
tempête faisait rage, tandis que les arbres courbés

par le vent frappaient de leurs branches les flancs de la maison, Paul l'avait tenue serrée contre lui, les lèvres pressées contre sa joue. À tour de rôle, ils avaient évoqué leur passé et bâti des rêves communs en s'émerveillant de ce cheminement du cœur et de l'esprit qui les menait l'un à l'autre.

Pour tous les deux, l'expérience était nouvelle. En cet instant, Adrienne s'était fait une remarque. Au cours des dernières années de son mariage – à vrai dire pendant la majeure partie de sa vie d'épouse –, ses rapports amoureux avaient toujours été plutôt sommaires, dépourvus de passion, voire hâtifs, comme si Jack et elle étaient pressés d'en finir. Bref, sans beaucoup de tendresse. Ils parlaient rarement après. En général, Jack se tournait sur le côté et tombait comme une masse dans les minutes qui suivaient.

Paul, lui, ne s'était pas contenté de la tenir dans ses bras des heures durant après l'amour. Par toute sa tendresse, il lui avait fait comprendre que cette étreinte-là avait autant d'importance pour lui que l'intimité physique qui l'avait précédée. Il avait embrassé ses cheveux et son visage. À chacune de ses caresses, il lui avait dit sur ce ton de certitude un peu solennel qu'elle avait tout de suite aimé en lui qu'elle était belle et qu'il l'adorait.

Sans qu'ils s'en rendent compte, puisque les fenêtres étaient bouchées, le ciel avait viré au noir opaque et menaçant. Les vagues, soulevées par le vent, s'abattaient sur la dune et la sapaient peu à peu. L'eau venait frapper les pilotis de l'Auberge. L'antenne du toit, soufflée au loin, avait atterri à l'autre bout de l'île. Côté océan, le sable et la pluie s'infiltraient dans les moindres interstices du bois. a porte vibrait et renâclait sous la force de l'ouragan. À l'aube, l'électricité fut coupée. C'est dans l'obscurité totale qu'ils firent l'amour une deuxième fois, à tâtons, avant de s'endormir enfin dans les bras l'un de l'autre, au moment même où l'œil de l'ouragan passait au-dessus de Rodanthe.

14.

Le samedi matin, ils se réveillèrent affamés. La tempête se calmait, mais l'électricité n'avait pas été rétablie. Paul alla chercher la glacière. Ils déjeunèrent confortablement installés dans le lit, tout au bonheur de se découvrir l'un l'autre, savourant l'instant, leurs rires autant que leurs silences quand une douce quiétude succédait aux taquineries.

Aux alentours de midi, le vent était suffisamment tombé pour qu'ils osent mettre le nez dehors. De la véranda, ils virent le ciel au-dessus de leurs têtes commencer à se dégager. La plage était jonchée de débris : vieux pneus et même parties d'escalier arrachées aux vérandas des maisons bâties trop près de l'eau. L'air s'était réchauffé mais il faisait encore trop froid pour rester dehors sans veste. Néanmoins, Adrienne retira ses gants pour mieux sentir la main de Paul dans la sienne.

Vers deux heures de l'après-midi, l'électricité revint – retour hésitant fait de clignotements indécis et, de nouveau, la panne. Quelque vingt minutes plus tard, le courant était rétabli pour de bon et Adrienne put faire griller deux steaks – les aliments laissés dans le réfrigérateur n'avaient pas souffert de la coupure de l'électricité. Ils s'attardèrent longtemps à table, sirotant leur troisième bouteille de vin. Après, ils prirent un bain ensemble, assis l'un derrière l'autre. Paul passa délicatement le gant de toilette sur le ventre et les seins d'Adrienne tandis qu'elle s'offrait à sa caresse, la tête posée sur sa poitrine. Fermant les yeux, elle se laissa glisser le long de son torse et s'abandonna au doux va-et-vient de l'eau chaude sur sa peau.

Ce soir-là, ils allèrent au village. Ils passèrent une partie de la soirée dans une guinguette minable à écouter la musique du juke-box. Rodanthe revenait à la vie. L'endroit était rempli de gens du cru qui parlaient de la tempête. Ils furent les seuls à s'afficher sur la piste. Indifférents aux regards des clients comme à leurs murmures, Paul et Adrienne tournaient lentement, leurs corps soudés l'un à l'autre.

Dimanche, par un ciel bleu vif, Paul retira les panneaux anti-ouragan et les remisa sous la maison avant de replacer les balancelles dans la véranda. Ils se promenèrent ensuite sur la plage comme le soir de leur rencontre. Le paysage avait bien changé. De longs sillons tourmentés remplaçaient des pans entiers de dune emportés par l'océan, une quantité d'arbres arrachés jonchaient le sable. À moins d'un kilomètre de l'Auberge, une maison avait perdu plusieurs de ses poteaux de soutènement et reposait de guingois sur le sable, ses murs gondolés, ses fenêtres brisées et une partie du toit soufflée. Un lave-vaisselle gisait sur le flanc à côté d'un amas de planches cassées, vestiges probables de la véranda. Des gens rassemblés au bord de la route mesuraient avec horreur l'étendue du désastre et prenaient des photos en vue d'établir le constat pour les assurances.

Paul et Adrienne revinrent sur leurs pas. La marée commençait à monter. Ils marchaient sans se hâter, se frôlant de l'épaule, quand soudain ils aperçurent la conque. Sa coquille festonnée, à moitié enfouie dans le sable, était entourée de coquillages plus petits fracassés en milliers de fragments minuscules. Paul la déterra et l'offrit à Adrienne qui la porta à son oreille. Lorsqu'elle prétendit entendre l'océan, il la taquina, puis, la prenant dans ses bras, il lui déclara que sa perfection n'avait d'égale que ce coquillage que le hasard avait placé sous leurs pas. Sans véritablement pressentir l'importance qu'elle accorderait plus tard à cette conque, Adrienne comprit aussitôt qu'elle ne s'en séparerait jamais : c'était le symbole de l'instant magique passé dans les bras de l'homme qu'elle aimait. Pour l'heure, elle ne savait et ne souhaitait qu'une chose : que Paul l'étreigne ainsi jusqu'à son dernier souffle.

Le lundi matin, une bonne odeur de café réveilla Adrienne. Paul se tenait devant elle, un plateau dans les mains : petit déjeuner complet servi au lit. Pour un homme qui clamait son ignorance en matière de cuisine, il y avait de quoi être surpris. Les enfants d'Adrienne lui apportaient parfois son petit déjeuner au lit, le jour de la fête des Mères, mais c'était la première fois qu'un homme le faisait pour elle ; Jack n'était pas le genre d'homme à penser à ces détails.

Elle se cala dans ses oreillers. Le pain grillé était délicieux, le bacon croustillant à souhait, les œufs brouillés avaient juste la bonne quantité de fromage râpé et Paul assis à côté d'elle riait de la voir tirer sur le drap entre deux bouchées pour se couvrir les seins.

Quand elle eut terminé, il sortit courir un peu pendant qu'elle prenait sa douche. Au retour, il mit sa tenue de sport dans la machine à laver et fit sa toilette. Quand il réapparut dans la cuisine, Adrienne

était au téléphone et dressait à Jean un rapport cir-
constancié de la situation. Paul vint l'enlacer par-der-
rière et enfouit son nez dans son cou.

Il y eut alors un bruit, un grincement qu'on ne
pouvait confondre avec aucun autre, suivi d'un piéti-
nement sur le plancher en bois : quelqu'un chaussé
de godillots était entré dans l'Auberge et traversait
le vestibule. Adrienne en fit part à Jean et raccrocha,
puis elle quitta la cuisine. Moins d'une minute plus
tard, elle était de retour et regardait Paul comme si
elle avait soudain perdu l'usage de la parole. Après
un long soupir, elle lâcha :

— Il est là.

— Qui ça ?

— Robert Torrelson.

Robert Torrelson était assis sur le divan du salon,
tête baissée, quand Paul fit son entrée. Il se redressa,
le visage impassible. À sa grande surprise, Paul le
reconnut d'emblée. Oui, c'était bien l'homme qu'il
avait vu dans la salle d'attente de l'hôpital. Son
visage n'avait pas changé. Ses cheveux avaient peut-
être un peu blanchi, mais il avait les mêmes yeux. Et
surtout ce regard dur auquel Paul s'attendait.

Le visiteur laissa passer un moment avant de
prendre la parole. Les yeux rivés sur Paul, il le
regarda tirer un fauteuil en face du canapé.

— Ainsi vous êtes venu, dit-il enfin.

Sa voix était forte et rocailleuse, une voix du Sud
éraillée par des années de Camel sans filtre.

— Oui.

— Je ne pensais pas que vous le feriez.

— J'ai hésité un bon moment avant de me décider.

Robert Torrelson bougonna quelque chose,
comme quoi il s'en doutait, et enchaîna :

– Mon fils m'a dit qu'il vous avait vu.

– Oui.

Sourire un peu désabusé de Robert, puis :

– Il dit que vous n'avez pas cherché à vous expliquer.

– C'est exact, répondit Paul.

– Autrement dit, vous continuez à considérer que vous n'avez rien fait de mal ?

Paul détourna les yeux. Oui, il continuerait à le croire, il ne changerait jamais d'avis. Se rappelant ce qu'Adrienne lui avait dit, il se redressa dans son fauteuil.

– Vous dites dans votre lettre que vous voulez me parler, que c'est important. Je suis là. Que puis-je faire pour vous, monsieur Torrelson ?

Robert fourragea dans la poche poitrine de sa chemise et en extirpa une pochette d'allumettes et des cigarettes. Il en alluma une, rapprocha un cendrier et se cala sur le dossier du divan.

– Qu'est-ce qui a mal tourné ? demanda-t-il.

– Rien, répondit Paul. L'opération s'est déroulée au mieux de mes espérances.

– Alors pourquoi est-elle morte ?

– Malheureusement, je n'en sais rien.

– C'est ce que vos avocats vous ont dit de me dire ?

– Non, répondit Paul sur un ton égal. C'est la vérité. Je pense que c'est ce que vous voulez entendre. Si j'avais une réponse, croyez bien que je vous la donnerais.

Robert porta la cigarette à sa bouche. Paul perçut un léger sifflement quand il exhala la fumée, comme de l'air s'échappant d'un vieil accordéon.

– Vous saviez qu'elle avait sa tumeur quand nous nous sommes vus, la première fois ?

– Non. Je l'ignorais.

Robert tira une deuxième bouffée, plus longue celle-là. Quand il se remit à parler, il le fit d'une voix moins agressive, adoucie par les souvenirs.

– La boule était pas aussi grosse, alors. Elle devait faire la moitié d'une noix et sa couleur était pas non plus aussi affreuse. Mais on la voyait comme le nez au milieu du visage, comme s'il y avait quelque chose de coincé sous sa peau. Ça la tracassait depuis qu'elle était toute petite. J'étais un peu plus vieux qu'elle et, quand on allait à l'école, je me rappelle qu'elle marchait toujours les yeux sur ses chaussures. Pas difficile de savoir pourquoi.

Robert fit une pause, rassemblant ses pensées. Paul respecta son silence.

– Comme beaucoup de gens à l'époque, elle a pas fini l'école parce qu'elle devait aider sa famille. Là, je l'ai mieux connue. Elle travaillait au débarcadère, elle faisait la pesée au retour de la pêche. J'ai bien dû lui parler toute une année avant qu'elle accepte de me dire un mot, mais elle me plaisait bien quand même. Elle était honnête et ne s'épargnait pas. Elle se cachait toujours derrière ses cheveux, mais de temps en temps j'arrivais à voir ce qui était en dessous. Et c'étaient les plus beaux yeux que j'aie vus de ma vie. Marron foncé, et d'une douceur, si seulement vous saviez ! Comme si elle avait jamais dit un mot méchant à personne de sa vie, tout simplement parce que c'était pas dans sa nature. On a continué comme ça – moi à lui parler, elle à pas me répondre – jusqu'à ce qu'elle finisse par comprendre qu'elle s'en tirerait pas aussi facilement. Un soir, enfin, elle a bien voulu sortir avec moi. De toute la soirée, elle a fait que regarder ses chaussures.

Robert croisa les mains.

– Je l'ai quand même réinvitée. C'était mieux, la deuxième fois. J'ai pu me rendre compte qu'elle savait être drôle quand elle voulait. Plus je la connaissais et plus elle me plaisait. Tant et si bien qu'au bout d'un moment je me suis dit que j'étais peut-être bien amoureux. Moi, ça me gênait pas, cette tache sur son visage. Je m'en fichais à l'époque et je m'en fichais autant l'année dernière. Mais pas elle. Elle, elle s'en fichait pas.

Il fit une nouvelle pause.

– On a eu sept enfants en vingt ans. À chaque enfant, j'aurais dit que sa marque grossissait. Je sais pas si c'est vrai, mais, elle aussi, elle disait la même chose. Tous mes gosses, même John, celui que vous avez vu, disaient que c'était la meilleure maman de toutes les îles. C'était vrai. Elle était sévère quand il fallait et, le reste du temps, la gentillesse même. C'est pour ça que je l'aimais, et nous avons été heureux. Elle savait me rendre la vie douce alors que c'est pas facile ici, la plupart du temps. J'étais fier d'elle, fier d'être vu avec elle et je faisais en sorte que tout le monde le sache dans le coin. Je pensais que ça suffirait. Visiblement, c'était pas assez.

Paul resta immobile, laissant Robert poursuivre.

– Un soir, à la télé, elle a vu une émission sur une dame qui avait une tumeur comme elle, avec des photos avant et après l'opération. Du coup, elle s'est fourré dans la tête qu'elle pourrait s'en débarrasser, elle aussi. Elle a commencé à parler de se faire opérer. C'était cher et on n'avait pas d'assurance, mais elle continuait à demander si y aurait pas moyen de se débrouiller.

Robert planta ses yeux dans ceux de Paul.

– Impossible de la faire changer d'avis. Autant flûter dans un violon. J'avais beau lui dire que je m'en fichais pas mal de sa tache, elle m'écoutait pas. Des fois, je la retrouvais dans la salle de bains en train de se toucher le visage, ou bien je l'entendais pleurer. J'ai compris que c'était son plus grand désir au monde. Elle avait passé sa vie entière avec cette tache, elle en avait assez. Assez des gens qui évitaient de la regarder quand ils lui parlaient ou des gosses qui la dévisageaient. J'ai capitulé. Je suis allé à la banque, j'ai mis mon bateau en gage, j'ai retiré toutes nos économies et on est allés vous voir. Le matin de l'opération, elle était excitée comme une puce. Je crois que je l'avais jamais vue aussi heureuse de sa vie. Et de la voir dans cet état, ça m'a fait comprendre que j'avais raison de faire ce que je faisais. Je lui ai dit que j'allais rester dans la salle d'attente et que je viendrais la voir dès qu'elle serait réveillée. Et vous savez ce qu'elle m'a dit, à moi ? Ses dernières paroles ?

Robert regarda Paul pour s'assurer d'avoir toute son attention.

– Elle a dit : « Toute ma vie, j'ai voulu être jolie pour toi. » Et moi, j'ai seulement pensé qu'elle l'avait toujours été, jolie.

Paul baissa la tête, s'efforçant tant bien que mal de ravaler un sanglot.

– Mais vous, vous saviez rien de tout ça. Pour vous, c'était juste la dame avec la tache sur la figure. Après, ç'a été la dame qui était venue se faire opérer, ensuite la dame qui était morte et, enfin, la dame dont la famille vous faisait un procès. C'était pas juste que vous connaissiez pas son histoire. Elle méritait mieux que ça. Elle le méritait pour le travail qu'elle avait abattu et pour toute la vie qu'elle avait vécue.

Robert Torrelson tapota sa cigarette dans le cendrier avant de l'éteindre.

– Vous êtes le dernier à qui elle a parlé, le dernier qu'elle a vu dans sa vie. C'était la meilleure dame du monde, et vous, vous saviez même pas qui vous aviez en face de vous.

Il s'interrompit pour donner à ses paroles le temps de faire leur chemin jusqu'à Paul.

— Maintenant, vous êtes au courant.

Sur ce, il se leva. L'instant d'après, il était parti.

Paul rapporta à Adrienne le récit de Robert Torrelson. Quand il eut terminé, elle lui passa la main sur les joues pour sécher ses larmes.

— Ça va ?

— Je ne sais pas. J'ai l'impression d'être tout engourdi.

— Ça ne m'étonne pas. C'était un gros morceau à avaler.

— Oui.

— Tu es heureux d'être venu ici et d'avoir pu l'entendre ?

— Oui et non. C'était important pour lui que je sache qui était sa femme et je suis heureux de la connaître un peu. Mais je suis triste aussi. Ils s'aimaient tellement, et, maintenant, elle n'est plus.

— Oui.

— Ça me paraît tellement injuste.

— Ça ne l'est pas, répondit Adrienne avec un sourire empreint de mélancolie. Plus l'amour est grand, plus grande est la douleur quand il se termine. Ces deux éléments sont inséparables.

— Pour toi et pour moi aussi ?

— Pour tout le monde, dit-elle. Le mieux qu'on puisse espérer de la vie, c'est que cela ne se produise pas avant très, très longtemps.

Il l'attira sur ses genoux. Il posa ses lèvres sur les siennes et l'entoura de ses bras, la serrant très fort contre lui. Elle lui rendit son étreinte et ils restèrent longtemps ainsi enlacés.

Plus tard dans la soirée, tandis qu'ils faisaient l'amour, Adrienne se remémora ce qu'elle avait dit à Paul. C'était leur dernière nuit à Rodanthe, leur dernière nuit ensemble avant un an au moins. Malgré tous ses efforts, elle ne put retenir les larmes qui roulaient en silence le long de ses joues.

15.

Adrienne n'était pas auprès de lui quand Paul se réveilla, le mardi matin. Il avait bien vu qu'elle pleurait, cette nuit, mais il avait préféré se taire, de peur de fondre en larmes à son tour. Le déni qu'il s'imposait l'avait laissé pantelant et agité. Incapable de trouver le sommeil, il était resté à serrer dans ses bras une Adrienne endormie, à se blottir contre elle, le visage enfoui dans ses cheveux, comme s'il voulait emmagasiner des réserves de tendresse pour survivre à l'année de séparation à venir.

Les vêtements qu'il avait portés l'attendaient sur la chaise, sortis du sèche-linge et pliés par Adrienne. Il retira de son sac ceux qu'il mettrait ce jour-là et fit ses bagages avant de prendre sa douche. Habillé, il s'assit sur le lit, un stylo à la main. Il allait mettre ses pensées par écrit à l'intention d'Adrienne. Laissant le papier dans sa chambre, il descendit ses sacs au rez-de-chaussée et les déposa dans l'entrée, près de la porte. Adrienne était dans la cuisine. Penchée sur le fourneau, elle touillait des œufs dans une casserole, une tasse de café à côté d'elle, sur le plan de travail. Quand elle se retourna, il vit qu'elle avait les yeux cerclés de rouge.

– Bonjour, dit-il timidement.

– Bonjour, répondit-elle, et elle retourna à ses œufs, les remuant plus vite, le regard rivé sur la casserole. Je me suis dit que tu aurais peut-être envie d'un petit déjeuner consistant avant de prendre la route.

– Merci.

– J'ai emporté une Thermos de chez moi. Tu peux la prendre si tu veux. Comme ça, tu auras du café pour le voyage.

– C'est gentil mais ça ira.

Elle continuait à remuer les œufs.

– Si tu veux, je peux te faire des sandwiches.

Paul s'avança vers elle.

– Ne t'en fais pas. Je trouverai bien quelque chose à grignoter en chemin. De toute façon, ça m'étonnerait que j'aie très faim.

Elle n'avait pas l'air de l'entendre. Il posa la main sur son dos. Elle se mit à haleter, comme si elle retenait des sanglots.

– Hé ! fit-il.

– Tout va bien, répondit-elle d'une voix qui n'était qu'un murmure.

– Bien vrai ?

Elle hocha la tête et retira la casserole du feu en reniflant. Toujours sans le regarder, elle s'essuya les yeux. Son geste rappela à Paul la première vision qu'il avait eue d'elle, sur la véranda. Sa gorge se serra. Moins d'une semaine s'était écoulée depuis leur rencontre. Incroyable...

– Adrienne, je t'en prie...

Elle leva enfin les yeux sur lui.

– Tu me pries de quoi ? de ne pas être triste ? Tu pars pour l'Équateur, moi pour Rocky Mount, et je devrais sauter de joie ? Je ne veux pas que ça se termine maintenant.

– Moi non plus.

– C'est pour ça que je suis triste. Et aussi parce que je sais que c'est la fin. Elle hésita, faisant tout son possible pour se reprendre. Tu sais, en me levant ce matin, je m'étais promis de ne pas pleurer. Pour que tu gardes de moi le souvenir d'une femme forte et heureuse. Mais quand j'ai entendu couler ta douche j'ai brusquement réalisé que demain matin je ne l'entendrais pas, que tu ne serais plus là. Ç'a été plus fort que moi. Mais tout ira bien. Promis. Je suis dure au mal, tu sais.

Elle dit cela comme si elle tentait de s'en convaincre elle-même. Paul lui prit la main.

– Adrienne... Hier soir, pendant que tu dormais, je me suis dit que je pourrais peut-être rester encore un peu. Un mois ou deux, ça ne changera pas grand-chose pour eux, là-bas et, nous, on pourrait être ensemble...

– Non, le coupa-t-elle en secouant énergiquement la tête. Tu ne peux pas faire ça à ton fils. Pas après tout ce que vous avez traversé. Et tu as besoin de partir, Paul, ça te ronge depuis trop longtemps. Si tu ne pars pas aujourd'hui, je me demanderai toujours dans un coin de ma tête si tu iras vraiment là-bas un jour. Et puis, de rester plus longtemps ensemble ne nous rendra pas les adieux plus faciles, le moment venu. En plus, je ne pourrais pas vivre en sachant que je suis un frein dans tes relations avec ton fils. De toute façon, ce n'est pas ça qui me ferait pleurer moins, le jour du départ. Elle tenta un pauvre sourire. Non, tu ne peux pas rester. Nous avons toujours su que tu devais partir, avant même que ce « nous » que j'utilise en ce moment voie seulement le jour. Nous savions que, pour toi, c'était la seule chose à faire, même si c'est dur maintenant. C'est ça, être un bon père ou une bonne mère. Ça demande des sacrifices. Et l'instant présent en est un.

Il hocha la tête, les lèvres serrées. Il le savait bien, qu'Adrienne avait raison, mais il aurait tout donné pour qu'elle ait tort.

– Tu promets de m'attendre ? demanda-t-il enfin sur un ton désespéré.

– Évidemment. Si je pensais ne plus jamais te revoir, je verserais tant de larmes qu'on devrait s'asseoir dans un canot pour prendre le petit déjeuner.

Il ne put s'empêcher de rire. Adrienne se tendit vers lui et l'embrassa avant de se blottir contre sa poitrine. Il sentit la chaleur de son corps et perçut une faible trace de son parfum. C'était merveilleux de la tenir ainsi dans ses bras, c'était tout simplement parfait.

– Je ne sais pas comment, ni pourquoi, mais j'ai l'impression qu'il était écrit dans mon destin que je devais venir ici. Pour te rencontrer. Pendant des années, quelque chose a manqué à ma vie et je ne savais pas que ça se trouvait ici.

Elle ferma les yeux.

– Moi aussi, murmura-t-elle.

Il baisa ses cheveux et posa sa joue contre la sienne.

– Je vais te manquer ?

Adrienne se força à sourire.

– Toutes les minutes de ma vie.

Ils s'assirent à table. Adrienne n'avait pas faim. Elle se força pourtant à manger, se força même à sourire de temps en temps. Paul picorait, prenant plus de temps que d'habitude pour finir son assiette. Enfin, ils rapportèrent la vaisselle dans l'évier.

Il était presque neuf heures. Précédant Adrienne, Paul passa devant la réception et s'arrêta près de la porte d'entrée. L'un après l'autre, il souleva ses sacs et fit passer la bandoulière sur ses épaules.

– Voilà, je crois qu'on y est, dit-il en prenant des mains d'Adrienne sa pochette en cuir contenant billet et passeport.

Elle serra les lèvres. Comme elle, Paul avait les yeux gonflés et regardait par terre.

– Tu as mon adresse à l'hôpital. Je ne sais pas comment marche la poste, mais les lettres devraient bien finir par arriver. Mark a toujours reçu celles que Martha lui envoyait... Et moi aussi j'ai ton adresse. Là-dedans. Il agita la pochette. Je t'écrirai dès que je serai arrivé. Et je t'appellerai aussi, si je peux.

– Très bien.

Comme il tendait la main pour lui caresser la joue, Adrienne posa la tête dans sa paume. Il n'y avait plus rien à dire, et ils le savaient tous les deux.

Elle le suivit dehors jusqu'au bas des marches et le regarda charger ses sacs sur la banquette arrière. La portière refermée, il resta un moment à contempler Adrienne, s'accrochant désespérément à son regard en souhaitant, tout aussi désespérément, ne pas devoir partir. Il finit par s'avancer vers elle, l'embrassa sur les deux joues, puis sur les lèvres, et la prit dans ses bras. Adrienne serra les paupières de toutes ses forces.

Il ne part pas pour toujours. Notre destin est d'être toujours ensemble. Dès qu'il sera revenu, nous ne nous quitterons plus jusqu'à notre mort. Nous vieillirons côte à côte. J'ai vécu si longtemps sans lui, une année de plus, ce n'est pas la mer à boire, n'est-ce pas ? Voilà ce que se disait Adrienne, mais que c'était douloureux ! Si seulement ses enfants avaient été plus vieux, elle aurait rejoint Paul en Équateur. Et quand Mark n'aurait plus eu besoin de lui, ils seraient revenus ici, à Rodanthe, pour y passer le reste de leur vie. S'ils se séparaient aujourd'hui, c'est parce qu'ils avaient tous les deux des responsabilités envers d'autres gens. La chose parut soudain fabuleusement cruelle à Adrienne. Comment était-il possible que leur chance d'être heureux dépende d'une simple contingence ?

Inspirant profondément, Paul se détacha enfin d'Adrienne et s'écarta de quelques pas. Il resta un bon moment, les yeux tournés sur le côté, avant de revenir vers elle en essuyant ses larmes.

Elle le suivit jusqu'à la portière du conducteur et ne le quitta pas des yeux pendant qu'il montait en voiture. Avec un faible sourire, il inséra la clef de contact dans la serrure. La fit tourner. Avec un vrombissement, le moteur revint à la vie. Adrienne recula pour permettre à Paul de fermer sa portière. Il baissa son carreau.

– Dans un an je serai de retour. Tu as ma parole.

– Un an, chuchota-t-elle, incapable de rien ajouter.

Il lui fit un triste sourire et enclencha la marche arrière. La voiture s'ébranla. Adrienne se retourna pour voir Paul. Le regard qu'il lui rendit la bouleversa.

Arrivée à la route, la voiture tourna. Paul posa une dernière fois la main sur la vitre. Adrienne agita le bras. La voiture prit de la vitesse et s'éloigna de plus en plus, d'elle et de Rodanthe.

Elle demeura sur place jusqu'à ce que la Toyota ne soit plus qu'un petit point sur la route et que le bruit de son moteur se soit évanoui. Et tout disparut, comme si rien n'avait jamais existé.

L'air était frisquet, le ciel d'un bleu azur piqueté de moutons blancs. Une colonie d'hirondelles de mer passa au-dessus d'Adrienne. Elle fit demi-tour et revint vers la maison. Les pensées pourpres et jaunes commençaient à s'ouvrir sous la chaleur du soleil.

À l'intérieur, tout était comme au jour de son arrivée, chaque chose à sa place. Hier, Paul avait vidé les cendres de la cheminée et reconstitué le tas de bois à côté. Les balancelles avaient réintégré leur place dans la véranda, le comptoir de réception était en ordre et toutes les clefs pendues au tableau.

Mais l'odeur demeurait. L'odeur de leur dernier petit déjeuner ensemble, l'odeur de la lotion après-rasage de Paul, son odeur à lui, une odeur qui perdurait sur les mains d'Adrienne, sur son visage et sur ses vêtements.

C'était trop. D'autant que les bruits de l'Auberge n'étaient plus ce qu'ils étaient encore ce matin même. L'écho de leur conversation tranquille s'était éteint ; le glouglou de l'eau dans les tuyaux et les pas de Paul dans sa chambre avaient disparu. Évanouis aussi le hurlement des vagues et les tambourinades lancinantes de la pluie, tout comme le crépitement du feu. À la place, il y avait une femme qui ne voulait être consolée que par l'homme qu'elle aimait – une femme incapable de rien faire sauf pleurer. Et l'Auberge tout entière résonnait de ses pleurs.

16.

Rocky Mount, 2002

L'histoire était finie. Adrienne avait la gorge sèche
d'avoir tant parlé. Et si son unique verre de vin lui
avait procuré une certaine légèreté, celle-ci ne suffisait pas à effacer son mal au dos d'être restée si
longtemps piquée sur sa chaise. Elle voulut remuer
et ressentit aussitôt un douloureux élancement.
L'arthrite. Le jour où elle s'en était plainte à son
médecin, il l'avait fait asseoir sur une table dans une
pièce qui sentait l'ammoniaque, lui avait levé les bras
l'un après l'autre, puis lui avait demandé de plier les
genoux. Après quoi, il lui avait prescrit des médicaments qu'elle n'avait jamais pris la peine d'acheter.
Pas question de commencer à prendre des cachets
pour tous les petits maux qui frappaient les femmes
de son âge ! Une fois qu'on commençait, on n'en
finissait plus, et Adrienne n'avait pas le moins du
monde envie de vivre au rythme d'un programme
scotché sur le côté de son armoire à pharmacie et de
faire le tri parmi une foison de pilules de toutes les
couleurs de l'arc-en-ciel à prendre tantôt le matin,
tantôt le soir, les unes au cours des repas, les autres

à jeun, au risque de se tromper. C'était bien trop d'ennuis. Son état actuel ne l'exigeait pas encore.

Assise de l'autre côté de la table, Amanda gardait la tête baissée. Adrienne la regarda, devinant qu'elle ne tarderait pas à lui poser des questions. C'était iné-vitable. Pourvu seulement qu'elle me laisse un peu de temps, se dit-elle. Elle en avait besoin pour trouver la meilleure façon de mener à bien l'entre-prise qu'elle avait commencée.

C'était bien qu'Amanda ait accepté venir ici, chez elle, dans ce lieu où elle-même avait passé plus de trente ans et qui était devenu véritablement son toit, plus que la maison où elle avait vécu dans son enfance. Qu'importe si les huisseries étaient faussées, si la moquette de l'entrée n'était plus qu'une pelure et si le carrelage de la salle de bains n'était vraiment plus au goût du jour ! Cette maison avait quelque chose de rassurant. Peut-être était-ce de savoir que l'attirail de camping se trouvait au grenier, rangé très exactement dans le fond à gauche, ou bien que la chaudière faisait systématiquement sauter les plombs la première fois qu'on l'allumait en hiver. Cet endroit avait ses habitudes, tout comme elle. Et ces deux courants d'habitudes, à force d'en-trelacer leurs méandres, en étaient venus à tracer un cours qui simplifiait sa vie et lui procurait un sen-timent de sécurité.

La cuisine par exemple. Voilà déjà deux ans que Mat et Dan la tannaient pour qu'elle la fasse refaire. Ils avaient même fait venir, le jour de son anniver-saire, un homme de l'art qui avait tapé sur toutes les portes des placards, introduit son tournevis dans la moindre fissure du plan de travail, titillé les boutons de tous les appareils pour finalement siffler entre ses dents en découvrant la cuisinière, une antiquité selon lui. Toutes ces simagrées pour lui conseiller de remplacer quasiment tout et partir en lui laissant une liste de références longue comme le bras, assortie d'un devis faramineux. Bien sûr que ses garçons avaient seulement voulu lui faire plaisir. N'empêche, mieux valait qu'ils dépensent leur argent à des choses plus intéressantes et, surtout, qui feraient plaisir à leurs familles. Elle le leur avait dit gentiment.

Pour sa part, elle aimait sa cuisine comme elle était. La rénover aurait changé son caractère. Adrienne s'y était forgé mille souvenirs qu'elle chérissait. Tout bien considéré, c'était dans cette pièce que la famille avait passé la majeure partie de son temps, avant et après le départ de Jack. Contrairement au salon où la télévision braillait sans discontinuer, aux chambres à coucher où chacun allait chercher un peu de solitude, c'était dans cette pièce que l'on se retrouvait pour être ensemble, pour parler, pour écouter, pour s'ouvrir l'esprit ou pour subir des reproches, pour rire ou pour pleurer. Les enfants y avaient fait leurs devoirs à la table même où elle était assise à présent. Pendant des années, c'était là que s'était trouvé l'unique téléphone de la maison. Accroché au mur. Que de fois le fil était resté coincé sous la porte parce qu'un des gamins avait emporté l'appareil dans la véranda dans l'espoir de se ménager un semblant d'intimité ! Sur l'armoire de l'office, on voyait encore les traits au crayon indiquant la taille des enfants. Jeter tant de souvenirs à la poubelle ? Non, ce n'était pas imaginable. Aucun objet flambant neuf, aussi pratique ou joli soit-il, ne remplacerait ces moments-là. La cuisine était l'endroit où cette maison était ce qu'une maison doit être. Dans les périodes difficiles, c'était là qu'Adrienne était venue chercher le réconfort. Et, aujourd'hui, c'était là qu'Amanda allait découvrir qui était sa mère, au fond.

Adrienne termina son verre et le reposa sur le côté. La pluie s'était arrêtée. Vu à travers les gouttes, le monde de l'autre côté de la vitre avait une courbure étrange, comme s'il était métamorphosé en quelque chose d'autre, difficilement reconnaissable. Elle ne s'en étonna pas. À mesure qu'elle avançait en âge, tout ce qui l'entourait tendait à changer d'aspect quand elle laissait ses pensées dériver vers le passé. Tout à l'heure, par exemple, pendant qu'elle racontait son histoire, elle avait eu si fortement l'impression de remonter le cours du temps qu'elle n'avait pu s'empêcher de se demander, tout en se traitant d'idiote, si Amanda ne décelait pas comme une nouvelle jeunesse en elle.

Non, se dit-elle, sûrement pas. Avant tout, parce que, à son âge, sa fille ne pouvait pas plus s'imaginer à soixante ans qu'elle ne pouvait s'imaginer en homme. Pourtant, en dehors de l'âge, les gens ne sont pas si différents, finalement. Quand donc Amanda s'en rendrait-elle compte ? Jeunes et vieux, hommes et femmes, presque tout le monde désire la même chose : connaître la paix du cœur, mener une vie sans problème, être heureux – la différence étant que les jeunes ont tendance à croire que cet état de bonheur réside dans l'avenir alors que les personnes âgées considèrent qu'il est enfoui dans le passé.

Adrienne ne faisait pas exception à la règle, mais en partie seulement, car, à ses yeux, le passé, le plus merveilleux des passés, était loin d'être uniquement un jardin de roses baigné de soleil. Il contenait aussi une immense part de chagrin. Elle n'avait pas oublié son désespoir à l'époque de sa séparation d'avec Jack, quand elle était allée à Rodanthe pour tenir l'Auberge de Jean – un désespoir identique à celui qu'elle éprouvait en ce moment au souvenir de Paul.

172

Voilà pourquoi, à l'inverse de bon nombre d'amies, Adrienne refusait de s'accrocher au passé.

Pourtant, ce soir-là, elle se serait volontiers abandonnée aux larmes. Las, il ne pouvait en être question. Depuis l'instant où elle avait regardé la voiture de Paul se fondre à l'horizon, il ne s'était pas passé de jour qu'elle ne se jure le matin au réveil de ne pas se laisser abattre, d'aller de l'avant. N'était-elle pas de la race des survivants, comme l'affirmait son père ? Mais, s'il y avait une certaine satisfaction à le croire, cela n'effaçait ni la douleur ni les regrets.

En conséquence, arrivée à l'âge qu'elle avait, Adrienne s'attachait à ne se concentrer que sur ce qui était susceptible d'apporter de la joie : regarder ses petits-enfants découvrir le monde, papoter avec des amis, partager avec eux les petits événements, s'occuper de la bibliothèque, travail qu'elle en était venue peu à peu à aimer.

Un métier peu contraignant, il faut bien le dire, puisqu'elle était attachée à la section des références où les ouvrages devaient être consultés sur place. Assise dans cette salle silencieuse sans avoir rien d'autre à faire que de regarder les gens écrire ou lire calés dans leurs fauteuils, elle avait tout loisir de s'imaginer leur vie. Elle se demandait s'ils étaient mariés, quel était leur métier, quel quartier ils habitaient, quel genre de livre pouvait les intéresser. Les années passant, elle avait pris goût à ce petit jeu, d'autant qu'elle avait parfois l'occasion de tester sa perspicacité – très développée, le croiriez-vous ? – quand la personne choisie pour cible venait lui demander son aide et que s'engageait alors une aimable conversation.

Il arrivait que le lecteur s'approche de son comptoir, poussé par un intérêt autre que la lecture. Dans le temps, il s'était surtout agi d'hommes plus âgés. À présent, ils tendaient à être plus jeunes. Cela dit, leurs tactiques ne différaient guère. Le monsieur en question commençait par fréquenter régulièrement la salle des références, lui posait ensuite mille questions – sur un livre tout d'abord, puis sur des sujets plus généraux – et, enfin, il se lançait sur le terrain personnel. À tous, elle répondait aimablement, sans chercher à séduire. Néanmoins, la plupart finissaient par l'inviter à prendre un verre. Elle se sentait flattée, naturellement, mais dans son for intérieur elle savait qu'elle n'ouvrirait jamais son cœur à aucun prétendant, aussi charmant fût-il, comme elle avait pu le faire jadis, à Rodanthe.

Ce week-end l'avait changée sous bien des aspects, guérie pourrait-on dire. Quelque chose de fort et de gracieux avait pris le pas sur le sentiment d'abandon et de trahison qui l'habitait depuis son divorce. De se savoir digne d'être aimée lui avait permis de marcher la tête haute, de reprendre confiance en elle. Elle avait pu parler à Jack sans recourir aux phrases à double sens et aux insinuations, effacer de sa voix tout ton de blâme ou de regret. Oh ! cela ne s'était pas fait en un instant. Au début, quand Jack appelait, elle passait l'appareil aux enfants. Plus tard, elle avait pu l'interroger sur son travail ou lui demander des nouvelles de Linda, voire lui parler de ses propres activités. Peu à peu, Jack avait semblé se rendre compte qu'elle n'était plus la même. Les mois passant, puis les années, leurs relations étaient revenues au stade amical, au point qu'il leur arrivait de s'appeler uniquement pour le plaisir de bavarder. Quand Jack avait connu des problèmes dans son couple, il avait passé des heures au téléphone avec elle, parfois jusque tard dans la nuit. Et c'est auprès d'elle qu'il était venu chercher le réconfort quand il avait divorcé de Linda. Adrienne le laissait même dormir dans la chambre d'ami quand il venait voir les enfants. Ironie du sort, Linda l'avait laissé tomber pour un autre homme. Adrienne n'oublierait jamais le soir où Jack lui avait annoncé la nouvelle. C'était bien après minuit, dans le salon, et Jack discourait depuis des heures sur ce qu'il devait faire quand, soudain, il avait réalisé à qui il s'adressait.

– Ç'a été douloureux pour toi ? avait-il demandé.

– Oui, avait répondu Adrienne.

– Combien de temps ça t'a pris pour t'en remettre ?

– Trois ans, mais j'ai eu de la chance.

Jack avait hoché la tête et fixé son verre, les lèvres pincées.

– Pardonne-moi, avait-il dit enfin. Claquer cette porte est la plus grosse connerie que j'aie faite de ma vie.

Adrienne lui avait tapoté le genou en souriant.

– Je sais. Mais merci quand même.

Un an plus tard environ, Jack l'avait appelée pour l'inviter à dîner. Adrienne avait fait comme avec tous les hommes, elle avait poliment décliné.

Adrienne se leva de sa chaise pour aller prendre sur le plan de travail le coffret qu'elle avait descendu de sa chambre. Amanda en était maintenant à suivre chacun de ses gestes avec une fascination presque craintive.

Revenue s'asseoir à la table, Adrienne lui sourit et tendit le bras par-dessus la table pour lui caresser la main. Ce faisant, elle remarqua qu'un changement s'était opéré en elle. Au cours des deux heures écoulées, Amanda avait manifestement pris conscience qu'elle en connaissait bien moins sur sa mère qu'elle ne l'avait cru jusque-là. Une sorte d'inversion des rôles, pensa Adrienne.

Sa fille avait dans le regard l'ébahissement qu'elle avait elle-même quand, à l'occasion d'une fête où tout le monde se retrouvait à la maison, ses enfants évoquaient en riant certaines de leurs bêtises. Deux ans plus tôt, Adrienne avait ainsi découvert que Mat faisait le mur tard le soir pour aller retrouver des copains, qu'Amanda avait fumé pendant sa première année de collège et que le début d'incendie dans le garage n'avait pas eu pour cause une prise de courant défectueuse, mais bien une expérience de Dan. Elle avait bien ri alors, tout en se sentant un peu nunuche. Elle se demanda si Amanda éprouvait maintenant un sentiment similaire.

L'horloge au mur égrenait imperturbablement son tic-tac. La chaudière se mit en marche avec un déclic assourdi. Amanda laissa échapper un soupir.

– Eh bé, quelle histoire ! dit-elle en faisant tourner son verre.

Le vin scintilla dans la lumière.

– Mat et Dan sont au courant ? Je veux dire, tu leur en as déjà parlé ?

– Non.

– Pourquoi ?

– Je ne crois pas que ça les regarde. Adrienne eut un sourire. Et puis, je ne suis pas sûre qu'ils comprendraient que je leur raconte toute l'histoire ou seulement un petit bout, d'abord parce que ce sont des hommes, ensuite parce qu'ils sont un tantinet protecteurs. Je ne voudrais pas qu'ils pensent que Paul était simplement à la recherche d'une femme seule sur qui jeter son dévolu. Le plus souvent, quand un homme tombe amoureux d'une femme, il se fiche complètement de la notion de temps. Il aime pour de vrai, un point, c'est tout. Mais qu'un autre homme s'éprenne d'une amie à lui, alors il lui prête tout de suite les pires intentions. Pour parler franchement, je ne suis même pas sûre de leur raconter cette histoire un jour.

Amanda hocha la tête.

– Pourquoi me l'as-tu racontée à moi, alors ?

– Parce que je crois que tu avais besoin de l'entendre.

En voyant Amanda se mettre à tournicoter une mèche de cheveux d'un air distrait, Adrienne se demanda si cette manie était innée chez elle ou acquise à force de la voir, elle, le faire.

– Maman ?

– Oui ?

– Pourquoi ne nous as-tu jamais parlé de ce Paul ? Je veux dire, tu n'as même jamais mentionné son nom.

– Je ne pouvais pas.

– Pourquoi ?

Adrienne poussa un lourd soupir et se renversa contre le dossier de sa chaise.

– Au début, j'imagine, parce que j'avais peur que ce ne soit pas vrai. Bien sûr que nous nous étions aimés, mais l'éloignement peut beaucoup changer les gens. Avant de vous en parler, je voulais être sûre que cet amour était solide. Plus tard, quand j'ai commencé à recevoir des lettres et que je n'en ai plus douté... Je ne sais pas... Tant de temps devait encore passer avant que vous puissiez le rencontrer... Je n'ai pas vu la nécessité de vous parler de lui tout de suite...

Sa voix traîna sur la fin de sa phrase, tandis qu'elle prenait son temps pour choisir les mots qu'elle allait dire maintenant.

– Et puis, tu te rends bien compte qu'aujourd'hui tu n'es plus la même qu'à dix-sept ans. Dan, lui, n'en avait que quinze. Je craignais que vous ne soyez pas prêts à entendre pareille... confession. Imagine-toi, revenant de chez ton père avec tes frères, et moi vous annonçant que j'aimais un homme que je venais tout juste de rencontrer ! Comment auriez-vous réagi ?

– On s'y serait fait.

J'en doute, se dit Adrienne, mais mieux valait ne pas entamer le débat. Elle se contenta de lever les épaules.

– Comment savoir ? Tu as peut-être raison. Peut-être que vous auriez bien réagi en effet, j'ai préféré ne pas tenter le diable. Si c'était à refaire, je crois que j'agirais de la même façon.

Amanda remua sur sa chaise. Au bout d'un moment, les yeux plantés dans ceux de sa mère, elle demanda :

– Et lui, tu es sûre qu'il t'aimait ?

– Oui, répondit Adrienne.

Les yeux d'Amanda paraissaient presque bleu-vert dans la lumière du jour qui tombait. Elle souriait doucement, comme si elle voulait dire quelque chose mais craignait de blesser sa mère.

Adrienne devina ce que sa fille avait en tête. Logique. C'était la seule question qui n'avait pas été abordée.

Amanda se pencha en avant et se lança, l'air un peu inquiet :

– Et maintenant, où est-il ?

Au cours des quatorze ans écoulés depuis sa rencontre avec Paul Flanner, Adrienne était allée cinq fois à Rodanthe. La première fois, la même année, au mois de juin. En cette saison, le sable lui avait paru plus blanc. À l'horizon, l'océan se fondait avec le ciel. Les fois suivantes, elle avait préféré s'y rendre en hiver, quand le monde était gris et froid. Parce que ces teintes-là lui rappelaient mieux le passé.

Après le départ de Paul, elle avait erré longtemps dans l'Auberge, incapable de rester en place, comme si bouger était pour elle le seul moyen de garder le contrôle sur ses sentiments. Tard dans l'après-midi, alors que le crépuscule commençait à parer le firmament de nuances éteintes dans les rouge orangé, elle était sortie pour scruter le ciel dans l'espoir de repérer l'avion de Paul. Ses chances étaient infinitésimales, mais elle était restée un long moment dans un froid de plus en plus vif à mesure que tombait la nuit. Çà et là, entre les nuages, elle avait distingué des traînées d'avion à réaction mais, en toute logique, il devait plutôt s'agir d'appareils militaires basés à Norfolk. Quand elle était rentrée dans la maison, ses doigts étaient à ce point engourdis qu'elle avait dû les tenir longtemps dans l'évier sous l'eau chaude, malgré de douloureux picotements.

Au moment de mettre la table, elle avait posé deux couverts. Bien sûr que Paul était parti pour de bon, elle le savait, néanmoins, au fond de son cœur, elle croyait quand même à son retour. Entre deux bouchées, elle l'avait imaginé sur le seuil, laissant tomber ses sacs dans l'entrée en s'écriant qu'il n'avait pu la quitter sans passer une autre nuit avec elle. Lui expliquant qu'ils partiraient tous les deux demain, ou même le jour d'après, et qu'ils feraient la route ensemble jusqu'à l'embranchement pour Rocky Mount.

Mais Paul n'était pas revenu et le téléphone n'avait pas sonné non plus. Pourtant, malgré tout son chagrin, Adrienne ne regrettait pas de lui avoir dit de partir. Un jour de plus n'aurait rien changé à la douleur de la séparation. Une autre nuit ensemble aurait seulement signifié un nouvel au revoir, et celui-là avait déjà été bien trop pénible. Elle n'avait pas la force de répéter à Paul des mots d'adieu ni de revivre un autre jour comme celui qu'elle venait de passer.

Le lendemain matin, elle avait entrepris de nettoyer l'Auberge. Elle agissait en automate, concentrée sur sa tâche, visitant les pièces l'une après l'autre. Elle avait fait la vaisselle, tout essuyé et rangé. Elle avait passé l'aspirateur sur tous les tapis, balayé le sable dans la cuisine et dans l'entrée, épousseté la rampe d'escalier et les lampes du salon et remis en ordre sa chambre pour que Jean la retrouve telle qu'elle l'avait laissée.

Sa valise faite, elle était montée dans la chambre bleue.

Elle n'y était pas entrée depuis le matin précédent, quand elle l'avait quittée pour préparer le dernier petit déjeuner. Le soleil de l'après-midi découpait des prismes de lumière sur les murs. Paul n'avait pas pris la peine de faire son lit à fond, ce qui était inutile, il s'était contenté de remonter les draps et les couvertures sans les tirer jusqu'en haut. Le couvre-lit faisait des bosses là où la couverture avait un pli et, à plusieurs endroits, le drap traînait presque par terre. Dans la salle de bains, il y avait une serviette suspendue à la barre du rideau de douche et deux autres en boule près du lavabo.

Immobile sur le seuil, sa valise à la main, Adrienne s'était imprégnée de ce spectacle en soupirant lourdement. C'est alors qu'elle avait aperçu le mot de Paul sur le bureau. Elle l'avait pris et était allée s'asseoir sur le bord du lit. Là, dans cette chambre paisible où ils s'étaient aimés, elle avait lu ce que Paul avait écrit, le matin de son départ.

Sa lecture terminée, Adrienne était restée assise sans bouger, le papier dans les mains, se représentant

Paul en train de lui écrire cette lettre. Après, elle l'avait repliée avec soin et rangée dans sa valise avec la conque.

Plus tard, en arrivant, Jean avait trouvé Adrienne dans la véranda de derrière, penchée par-dessus la balustrade à contempler le ciel. Elle y était depuis des heures.

Comme d'habitude, Jean était d'une humeur exubérante, ravie de voir Adrienne et de retrouver sa maison, intarissable sur le mariage auquel elle avait assisté et sur le vieil hôtel de Savannah où elle était descendue. Adrienne l'avait laissée discourir sans l'interrompre. Après le dîner, elle avait proposé de sortir faire un tour sur la plage. Par chance, Jean avait préféré rester à la maison.

Au retour de promenade, Adrienne s'était fait une tasse de thé pendant que Jean défaisait ses valises, et elle était allée la boire dans le salon. De son fauteuil à bascule près de la cheminée, elle avait entendu Jean entrer dans la cuisine et crier :

– Où es-tu ?

L'instant d'après, Jean s'encadrait dans la porte.

– J'ai entendu la bouilloire siffler ou je rêve ?

– Je me suis fait une tasse de thé.

– Du thé ? Depuis quand tu en bois ?

Pour toute réponse, Adrienne avait eu un rire bref. Jean s'était laissée choir dans le fauteuil près d'elle. Dehors, la lune se levait, disque dur et brillant qui donnait au sable un rougeoiement d'antique vaisselle en cuivre.

– Je te trouve bien silencieuse, avait dit Jean.

– Ah bon ? avait répondu Adrienne en levant les épaules d'un air étonné. Je suis juste un peu fatiguée. Je me prépare à reprendre le collier, sans doute.

– Ça doit être ça. Moi, je n'avais pas plus tôt quitté Savannah que je comptais déjà les kilomètres jusqu'ici. En tout cas, il n'y avait pas beaucoup de circulation. La morte-saison, si tu vois ce que je veux dire.

Adrienne avait hoché la tête. Jean s'était calée dans son fauteuil.

– Ça s'est bien passé avec ce Paul Flanner ? La tempête n'a pas trop gâché son séjour, j'espère.

En entendant le nom de Paul, Adrienne avait senti sa gorge se contracter.

– Je n'ai pas eu l'impression, avait-elle répondu en s'efforçant de cacher son trouble.

– Raconte un peu comment il est. Le genre coincé, d'après sa voix.

– Pas du tout. Il était... euh... charmant.

– Ça ne t'a pas fait drôle de te retrouver en tête à tête avec lui ?

– Non. J'ai l'habitude.

Jean avait attendu qu'Adrienne ajoute quelque chose. Comme rien ne venait, elle avait conclu :

– Eh bien, c'est parfait. Tu n'as pas eu trop de mal avec les protections anti-ouragan ?

– Non.

– Tant mieux. C'est vraiment sympa de ta part. Pour quelqu'un qui comptait sur un week-end tranquille, tu n'as vraiment pas eu les dieux de ton côté.

– Non, pas vraiment.

Cela venait-il du ton qu'elle avait pris pour répondre, toujours est-il que Jean lui avait lancé un drôle de regard. Tout d'un coup, Adrienne avait eu envie de se retrouver seule. Finissant son thé, elle avait dit, d'une voix la plus neutre possible :

– Ce n'est pas très gentil de ma part, je sais, mais je crois que je vais aller faire dodo. Je suis fatiguée et j'ai une longue route demain. Je suis contente que tu te sois bien amusée à ton mariage.

Cette façon quasi péremptoire de mettre fin à la

soirée avait quelque peu ébahi son amie. Les sourcils levés, Jean n'avait rien trouvé à répondre sinon un bonsoir assorti d'un énième merci.

– Bonne nuit ! avait répondu Adrienne, et elle était monté à l'étage en sentant le regard perplexe de Jean planté dans son dos.

Entrée dans la chambre bleue, elle s'était déshabillée et mise au lit toute nue. L'oreiller et les draps portaient encore l'odeur de Paul. S'y noyant, Adrienne s'était distraitement caressé le sein en luttant le plus longtemps possible contre le sommeil.

Le lendemain matin, après avoir mis le café à passer, elle était sortie faire un dernier tour sur la plage. Elle avait croisé deux couples pendant cette demi-heure dehors. Un front d'air chaud avait pris position au-dessus de l'île. Cette belle journée attirerait certainement des promeneurs au bord de l'eau. Quant à Paul, il était tout aussi certainement arrivé à son hôpital, à l'heure qu'il était. Et elle s'était demandé à quoi cet endroit pouvait bien ressembler. Une image lui était venue en tête, probablement tirée d'un documentaire vu à la télé : des bâtiments assemblés à la va-vite au cœur d'une jungle envahissante au bout d'une route sinueuse et creusée d'ornières, le tout dans un concert de cris d'oiseaux exotiques. Ça n'avait probablement rien à voir avec la réalité. Paul avait-il déjà vu son fils, à cette heure ? La rencontre s'était-elle bien passée ? Avait-il gardé de ce week-end à Rodanthe un souvenir aussi fort qu'elle ?

De retour à l'Auberge, Adrienne avait trouvé la cuisine déserte, la boîte à sucre ouverte et une tasse à côté de la cafetière. Un léger ronronnement semblait venir de l'étage. Se guidant au bruit, Adrienne était montée. La chambre bleue était ouverte. Poussant un peu la porte, elle avait aperçu Jean en train de finir de border le lit. Les draps utilisés, ceux qui les avaient enveloppés, Paul et elle, étaient à présent en tas sur le plancher.

À leur vue, Adrienne avait difficilement retenu un sanglot. C'était ridicule, bien sûr, mais ces draps par terre lui avaient révélé la réalité d'un coup : une année tout entière allait devoir s'écouler avant qu'elle puisse sentir à nouveau l'odeur de Paul Flanner.

En entendant son hoquet, Jean avait tourné vers elle des yeux écarquillés.

– Adrienne ? Tu te sens bien ?

Incapable de répondre, celle-ci s'était caché le visage dans les mains. À partir de maintenant, tout ce qu'elle pourrait faire serait de compter les jours jusqu'au retour de Paul.

– Paul est en Équateur, répondit-elle à sa fille sur un ton égal qui l'étonna elle-même.

– En Équateur ? répéta Amanda, qui se mit à pianoter du bout des doigts sur la table.

Les yeux fixés sur sa mère, elle demanda :

– Pourquoi n'est-il pas revenu ?

– Il n'a pas pu.

– Comment ça ?

Pour toute réponse, Adrienne souleva le couvercle du coffret et en sortit une feuille de cahier pliée et jaunie par le temps. Amanda vit le nom de sa mère écrit en travers.

– Avant de répondre à cette question, dit Adrienne, je voudrais répondre à celle que tu m'as posée tout à l'heure.

– Laquelle ?

– Tu voulais savoir si Paul m'aimait vraiment, répondit Adrienne avec un sourire en tendant la feuille à sa fille. Voici le mot qu'il m'a laissé, le jour de son départ.

Amanda marqua une hésitation. Elle prit la lettre et la déplia lentement. Assise en face de sa mère, elle en commença la lecture.

Adrienne chérie,

Tu n'étais pas près de moi ce matin quand je me suis réveillé et bien que j'en sache la raison, je le regrette. Je sais que c'est égoïste de ma part, mais c'est un si vieux défaut chez moi qu'il ne me quittera probablement pas.

Tu es en train de lire ce mot, ce qui veut dire que je suis parti. Quand j'aurai fini de l'écrire, je descendrai au rez-de-chaussée et te proposerai de rester avec toi encore un peu de temps. Mais je ne me fais pas d'illusion, je connais déjà ta réponse.

Cette lettre n'est pas un adieu, je ne voudrais pas que tu le croies un seul instant. Au contraire, je vais considérer l'année à venir comme une occasion de te connaître mieux que je ne te connais déjà. Certaines personnes tombent amoureuses par correspondance, dit-on. Nous, nous nous aimons déjà. Cela ne veut pas dire que notre amour ne puisse pas grandir encore, n'est-ce pas ? Pour ma part, je veux croire que c'est possible. D'ailleurs, pour tout te dire, si je n'en étais pas convaincu, je ne sais pas si je serais capable de vivre toute cette année loin de toi.

Quand je ferme les yeux, je te revois le premier soir sur la plage. À la lumière de ces éclairs qui t'éblouissaient, tu étais d'une beauté absolue et je crois que c'est une des raisons qui ont fait que j'ai pu m'ouvrir à toi comme je ne l'avais encore jamais fait avec personne. Cependant, ce n'est pas la seule chose qui m'ait touché en toi. C'est tout ce qui te constitue, ton courage, ta passion, le regard plein de sagesse et de bon sens que tu poses sur le monde. Ces qualités, je crois les avoir senties en toi dès le premier café que nous avons bu ensemble, et, à mesure que je les découvrais, leur absence chez moi m'est apparue de plus en plus clairement. Tu es une perle rare, Adrienne, et j'ai bien de la chance de t'avoir rencontrée.

J'espère que tu ne te laisses pas abattre, contrairement à moi au moment où je t'écris. Te dire adieu aujourd'hui est ce que j'ai eu de plus pénible à vivre à ce jour, et je peux te jurer sans faillir qu'une fois que je serai revenu cela ne se reproduira plus. Je t'aime pour tout ce que nous avons déjà vécu ensemble, et je t'aime à l'avance pour tout ce que nous vivrons encore. Tu es ce qui m'est arrivé de mieux dans la vie. Tu me manques, bien que je sois sûr dans mon cœur que tu seras toujours avec moi. En ces quelques jours passés avec toi, tu es devenu mon rêve.

Paul

L'année passée loin de Paul avait été pour Adrienne très différente de toutes celles vécues jusque-là, bien qu'en surface rien n'ait semblé avoir changé dans son existence. Elle prenait toujours une part active à la vie de ses enfants, allait voir son père tous les jours et travaillait à la bibliothèque. Toutefois, il y avait en elle comme un nouvel élan que nourrissait le secret enfoui au fond de son cœur. Le changement n'avait pas échappé à son entourage. Elle sourit davantage, disait-on. Ses enfants eux-mêmes avaient fini par remarquer qu'elle traînait dans son bain plus longtemps que d'habitude sans s'occuper des bagarres qui pouvaient surgir entre eux, et aussi qu'elle sortait souvent prendre l'air après le dîner.

Dans ces moments-là, la pensée de Paul ne la quittait jamais. Mais c'était surtout en voyant la camionnette des postes remonter la route et s'arrêter devant les boîtes aux lettres que son image lui apparaissait avec le plus de netteté. La distribution du courrier avait généralement lieu entre dix et onze heures du matin. De sa fenêtre, Adrienne guettait l'instant où le facteur s'arrêterait devant chez elle. À peine la voiture repartie, elle courait à la boîte et triait les lettres dans l'espoir d'en repérer une de Paul, reconnaissable à son enveloppe « par avion » de cette couleur beige qu'il affectionnait et aussi à ses timbres qui représentaient un monde dont elle ignorait tout. Son nom à elle était écrit en haut à gauche.

Quand la première lettre était arrivée, elle l'avait lue dehors, dans la véranda qui donnait sur l'arrière. Sa lecture terminée, elle avait recommencé au début, plus lentement, en faisant des pauses afin de s'imprégner de tous les mots. Elle avait toujours agi de même par la suite. Au fil des mois, elle avait pu se convaincre que Paul avait dit la vérité dans son mot d'au revoir. Bien sûr, une lettre n'était pas aussi agréable qu'un Paul en chair et en os la serrant dans ses bras, mais la passion qu'elle découvrait en chacun de ses mots avait le don étrange de réduire la distance entre eux.

Elle aimait à l'imaginer en train de lui écrire. Elle se le représentait assis à une table bancale sous une ampoule nue dont la lumière brutale creusait ses traits las. Écrivait-il rapidement, se demandait-elle. Les mots lui venaient-ils en un flot ininterrompu ou bien devait-il s'arrêter de temps à autre, les yeux dans le vague, pour les chercher. Parfois ces images prenaient forme, une forme insaisissable qui changeait selon ce que Paul disait dans sa lettre, et cette représentation différait de celle qu'elle aurait de lui la fois suivante. Alors, Adrienne fermait les yeux et palpait le papier pour tenter de deviner à quoi Paul avait pensé au moment où il traçait ces mots.

Elle lui écrivait, elle aussi, répondait à ses questions, lui racontait ce qu'elle faisait. Dans ces moments-là, elle sentait presque sa présence. Et si, par hasard, la brise venait à soulever ses cheveux, elle éprouvait physiquement la tendre caresse des doigts de Paul sur son visage, et le lointain tic-tac de l'horloge devenait alors le battement de son cœur, quand elle avait la tête sur sa poitrine. Lorsqu'elle reposait son stylo, ses pensées revenaient toujours à l'instant de leur adieu, à cet instant où ils s'étaient tenus enlacés sur l'allée de gravier devant l'Auberge, où elle avait senti la joue de Paul râper doucement ses lèvres tandis qu'il lui jurait de revenir vivre sa vie entière auprès d'elle dès que l'année serait écoulée.

Paul téléphonait de temps en temps, quand il se endait en ville. D'entendre sa voix vibrante de tendresse, Adrienne en perdait presque le souffle. Son rire lui faisait mal, tout comme sa tristesse lorsqu'il lui répétait combien elle lui manquait. Comme il appelait toujours dans la journée, pendant que les enfants étaient à l'école, Adrienne se surprenait à marquer un arrêt avant de décrocher chaque fois que le téléphone sonnait à ces heures-là. La conversation ne durait pas longtemps, moins de vingt minutes en général, mais ces appels et ces lettres suffisaient à insuffler en elle la force d'affronter les mois à venir.

À la bibliothèque, elle s'était mise à photocopier toutes sortes d'articles sur l'Équateur – sa géographie, son histoire, n'importe quoi dès lors que le sujet traité lui semblait digne d'attention. Une fois, un magazine de voyage avait publié un hors-série sur la culture équatorienne. Elle avait acheté le numéro et passé des heures à examiner les photos, apprenant le texte entier pratiquement par cœur pour en connaître le plus possible sur l'environnement de Paul, se demandant malgré elle si les femmes de là-bas le regardaient avec autant de désir qu'elle.

Elle avait également scanné divers articles sur Paul parus dans des quotidiens ou des journaux professionnels afin d'en savoir un peu plus sur sa vie à Raleigh. Cela, elle ne le lui dit pas, car il répétait souvent dans ses lettres qu'il ne voulait plus jamais entendre parler du Paul de cette époque. Mais voilà, elle était curieuse et c'est ainsi qu'elle avait retrouvé l'article du *Wall Street Journal* avec sa photo au-dessus. Il y était dit que Paul avait trente-huit ans. Elle avait étudié attentivement ses traits, curieuse de découvrir à quoi il ressemblait avant. Elle l'avait immédiatement reconnu, bien sûr, mais, en même temps, ces cheveux noirs coiffés sur le côté, ce visage lisse de rides et cette expression presque dure à force d'être concentrée n'avaient rien à voir avec le Paul qu'elle connaissait. Elle s'était demandé ce qu'il penserait de l'article à présent, s'il lui accorderait un tant soit peu d'importance.

Dans le *Raleigh News and Observer* elle avait trouvé d'autres vieilles photos de lui, dont une en compagnie du gouverneur lors de l'inauguration du nouveau bâtiment du Duke Medical Center. Paul ne souriait sur aucune de ces photos. C'était un Paul inconnu, un Paul qu'elle ne pouvait même pas imaginer.

En mars, sans raison particulière, il s'était débrouillé pour lui faire parvenir des roses. Par la suite, il lui avait fait envoyer tous les mois un bouquet qu'Adrienne s'empressait de monter dans a chambre, de crainte que les enfants ne s'interrogent. Mais ils étaient trop pris par leur vie personnelle pour remarquer les fleurs, qui plus est pour lui poser des questions.

En juin, elle était retournée passer un long week-end à Rodanthe. Au début, Jean avait été un peu sur la défensive, comme si elle continuait de se demander quelle mouche avait bien pu piquer Adrienne la fois précédente. Après une heure de bavardage à bâtons rompus, elle s'était rassérénée. Adrienne avait fait de longues promenades sur la plage sans repérer une seule conque intacte.

À son retour à Rocky Mount, une lettre de Paul l'attendait avec une photo de lui prise par son fils devant l'hôpital. Il semblait amaigri, mais en bonne santé. Elle lui avait aussitôt répondu, assise à la table de la cuisine, la photo coincée entre la salière et le poivrier. Comme Paul lui avait demandé une photo d'elle, elle avait passé en revue tous ses albums pour en trouver une qui convienne.

Puis l'été était venu, chaud et moite. En quête d'un peu de fraîcheur, Adrienne avait passé la plus grande partie de juillet cloîtrée dans la maison, l'air conditionné branché au maximum. En août, Mat était parti pour l'université, laissant Dan et Amanda reprendre seuls le chemin du lycée. À l'automne, quand la lumière s'était faite plus douce et que les feuilles des arbres avaient viré à l'ambre, Adrienne avait commencé à songer au retour de Paul et à bâtir des projets. Aller à Asheville, peut-être, et visiter le Biltmore Estate, célèbre pour ses décorations de Noël ? L'inviter à partager le dîner de Noël ? Mais comment ses enfants réagiraient-ils ? Quant à Jean, elle lèverait à coup sûr des sourcils ahuris quand Adrienne l'appellerait et réserverait une chambre à leurs deux noms pour le week-end suivant le jour de l'an. Et, en les voyant arriver, elle prendrait son petit air « je m'en doutais bien », sans faire de commentaire.

Et maintenant, assise dans sa cuisine en compagnie d'Amanda, Adrienne se rappelait tous ces projets d'antan, des projets qu'elle avait crus tangibles, presque réalisés, tant les visions qu'elle en avait étaient colorées et vibrantes de vie. Aujourd'hui, elle s'interdisait de s'inventer des scénarios comme elle aimait à le faire autrefois, car après la joie venait la peine, et avec elle un affreux sentiment de vide. Mieux valait tabler sur le concret et se consacrer aux gens qui partageaient votre vie. Les rêves n'apportaient rien d'autre que le chagrin, et Adrienne ne voulait plus en éprouver. Cependant, il lui arrivait encore de rêver, malgré ses bonnes résolutions.

– Eh bé ! murmura Amanda en relevant les yeux de la lettre.

Elle la rendit à sa mère, qui la plia selon les plis et la posa à côté d'elle avant de sortir du coffret la photo de Paul prise par Mark.

– C'est lui.

Amanda prit la photo. Malgré son âge, ce Paul était plus beau qu'elle ne l'avait imaginé. Elle fixa un moment ces yeux qui avaient captivé sa mère puis esquissa un sourire.

– Je comprends que tu te sois laissé séduire. Tu en as d'autres ?

– Non, c'est la seule.

Amanda hocha la tête et se remit à étudier la photo.

– Tu l'avais bien décrit... Il ne t'a jamais envoyé de photo de Mark ? ajouta-t-elle après une hésitation.

– Non, mais ils se ressemblent.

– Tu l'as rencontré ?

– Oui.

– Où ça ?

– Ici.

Les sourcils d'Amanda se levèrent.

– À la maison ?

– Assis sur la chaise que tu occupes en ce moment.

– Et nous, on était où ?

– À l'école.

Amanda s'ébroua comme s'il lui fallait digérer l'information.

– Je commence à m'y perdre, dans ton histoire.

Adrienne détourna les yeux et, lentement, se leva de sa chaise. Quittant la cuisine, elle dit dans un murmure :

– Moi aussi, ça m'a fait pareil.

En octobre, la santé du père d'Adrienne s'était un peu améliorée, mais pas suffisamment pour qu'il puisse quitter sa maison de soins médicalisés. À son habitude, Adrienne était allée le voir tous les jours pour lui tenir compagnie et adoucir sa convalescence.

En rognant sur tout, elle était parvenue à économiser suffisamment d'argent pour être en mesure de le laisser dans cette clinique jusqu'au mois d'avril. Après cela, mystère. L'angoisse la tenaillait, une inquiétude qui revenait sans cesse et qu'elle cachait de son mieux à son père.

En arrivant dans sa chambre, Adrienne trouvait en général la télévision branchée à plein volume, comme si le vacarme pouvait avoir raison du brouillard mental dans lequel le vieil homme avait sombré. Sa première action consistait donc à éteindre le poste. En dehors des infirmières, elle était seule à rendre régulièrement visite à son père.

Tout en comprenant leurs réticences, elle regrettait que ses enfants ne fassent pas un effort. Pas seulement pour son père, qui aurait été heureux de les voir, mais pour leur équilibre personnel. C'est important de passer du temps en famille à tous les moments de la vie quels qu'ils soient, heureux ou malheureux, car on en retire toujours un enseignement utile.

Certes, son père avait perdu la parole, mais il comprenait tout ce qu'on lui disait, Adrienne en était convaincue, et, si la paralysie qui touchait la moitié droite de son visage lui faisait un sourire tordu, pour sa part, elle trouvait cela émouvant. Bien sûr, il fallait de la maturité et de la patience pour voir, au-delà de son apparence, l'homme que son père avait été. Ses enfants n'en étaient pas dénués, comme elle avait pu s'en convaincre dans des occasions inattendues, mais, la plupart du temps, ils étaient mal à l'aise en face de leur grand-père. À croire que sa vue leur faisait entrevoir un avenir qu'ils se sentaient incapables d'affronter et qui les terrorisait à l'avance.

Après avoir retapé les oreillers de son père, Adrienne s'asseyait près de lui, lui prenait la main et entreprenait de lui raconter les derniers faits et gestes de la famille, ceux des enfants comme les siens. Pendant tout le temps qu'elle parlait, son père ne la quittait pas des yeux, communiquant avec elle de la seule façon qui lui était possible. À son chevet, Adrienne se rappelait immanquablement son enfance, l'odeur du foin dans l'écurie, l'Aqua Velva que portait son père, ses baisers qui piquaient un peu quand il l'embrassait pour lui souhaiter bonne nuit et les mots gentils qu'il n'avait jamais cessé de lui murmurer depuis qu'elle était toute petite.

L'avant-veille de Halloween, en allant voir son

père, elle s'était dit que le temps était venu de lui parler de Paul, de le mettre au courant de sa liaison.

– J'ai quelque chose à te dire, avait-elle commencé.

Puis, avec des mots très simples, elle lui avait tout raconté et avoué combien Paul comptait pour elle. Son récit terminé, elle l'avait regardé en se demandant ce qu'il pouvait bien penser de tout cela. Il avait à présent les cheveux tout blancs et clairsemés, et des sourcils qui ressemblaient à des touffes de coton. Il lui avait souri de son sourire tordu. Bien qu'aucun son ne sorte de ses lèvres, elle avait compris ce qu'il voulait dire.

La gorge serrée, elle s'était penchée vers lui et avait posé la tête sur sa poitrine. De la main qu'il pouvait encore remuer, il lui avait caressé le dos, tout doucement, très légèrement, et, pendant ce temps-là, elle avait senti sous son oreille les côtes du vieil homme si frêles et fragiles, et le battement étouffé de son cœur.

– Oh ! papa ! s'était-elle exclamé tout bas. Moi aussi je suis fière de toi.

Entrée dans le salon, Adrienne alla à la fenêtre et écarta les rideaux. La rue était déserte, des halos scintillaient autour des réverbères. Quelque part au loin, un chien aboya pour annoncer une arrivée, imaginaire ou réelle.

Amanda était restée dans la cuisine, mais elle n'allait pas tarder à venir la retrouver. Pour elle aussi, la soirée avait été dure. Adrienne posa les doigts sur la vitre. Finalement, qu'avaient-ils été l'un pour l'autre ? Aujourd'hui encore, elle avait du mal à répondre à cette question. Pas facile de trouver le mot juste pour définir leur relation. Paul n'avait été ni son mari ni son fiancé. Le baptiser « petit ami » faisait par trop amourette d'adolescence. L'appeler « amant » ne restituait qu'une infime partie de ce qu'ils avaient partagé. En fait, de tous les gens qu'elle connaissait, Paul était le seul qui échappait à toute définition. Elle se demanda combien de gens pouvaient dire la même chose de quelqu'un d'aussi important pour eux que Paul l'avait été pour elle.

Des nuages indigo, poussés par le vent, roulaient dans le ciel en direction de l'est, emprisonnant la lune dans un cercle. Demain matin, il pleuvrait sur la côte. Adrienne se dit qu'elle avait eu raison de ne pas donner les autres lettres à lire à sa fille.

Qu'y aurait-elle appris d'intéressant sur Paul ? Sa vie au dispensaire, son emploi du temps au jour le jour ? L'évolution de ses relations avec Mark ? Toutes choses qu'il décrivait, en plus de ses pensées, de ses craintes et de ses espoirs. Non, ce n'était pas cela qu'Adrienne avait souhaité transmettre à sa fille quand elle avait décidé de lui parler ce soir. Ce qu'elle avait raconté suffisait amplement, Amanda n'avait besoin de rien d'autre.

Si quelqu'un devait relire ces lettres, c'était elle, Adrienne, et elle le ferait plus tard, quand Amanda serait partie. Oui, elle relirait toutes les lettres de Paul, ne serait-ce qu'en raison de ce qu'elle venait d'accomplir. À la lumière dorée de sa lampe de chevet, elle laisserait courir son doigt sur les lignes, elle savourerait chaque mot séparément, car ils signifiaient pour elle plus que toute chose au monde.

Ce soir-là, malgré la présence de sa fille, Adrienne se sentait seule. Elle serait toujours seule. Elle le savait tout à l'heure dans la cuisine tandis qu'elle racontait son histoire, et elle le savait maintenant, debout devant cette fenêtre. Parfois, elle se demandait ce qu'elle serait devenue si Paul n'avait pas croisé sa vie. Peut-être se serait-elle remariée. Elle aurait été une bonne épouse, cela ne faisait aucun doute, mais aurait-elle choisi un bon mari ?

Ce n'était pas si facile. Plusieurs de ses amies, veuves ou divorcées, s'étaient remariées. Les nouveaux maris avaient l'air gentil pour la plupart, mais ils n'avaient rien à voir avec Paul. Avec Jack, peut-être, mais pas avec Paul. L'amour et la passion étaient possibles à tout âge, Adrienne en était convaincue, mais, à en croire ses amies, cela se révélait souvent trop compliqué pour en valoir la peine. Pas question pour elle de finir ses jours auprès d'un mari qui ressemble à ceux de ses amies, pas quand elle avait dans son coffret des lettres capables de lui rappeler ce dont elle manquait à présent. Un nouveau mari lui chuchoterait-il jamais ces phrases que Paul avait écrites dans sa troisième lettre, et qui s'étaient à jamais gravées dans sa mémoire, dès la première lecture ?

Quand je dors, je rêve de toi. À peine réveillé, je souffre de ne pas te tenir dans des mes bras. À défaut d'autre chose, cette séparation aura au moins servi à raffermir encore ma résolution de passer le reste de mes nuits à côté de toi, et le reste de mes jours à l'unisson de ton cœur.

Ou encore ce qu'il disait dans la lettre suivante :

Quand je t'écris, je sens ton souffle et je t'imagine sentant le mien quand tu me lis. En est-il ainsi pour toi ? Ces lettres font dorénavant partie de nous, elles sont partie intégrante de notre histoire, le rappel éternel que nous nous aimons encore aujourd'hui.

Merci de m'aider à passer cette année et, plus encore, merci pour toutes les autres à venir.

Et cette autre lettre, écrite au cours de l'été, après une âpre discussion avec Mark dont Paul était sorti terriblement déprimé.

Je regrette tant de choses ces temps-ci et, par-dessus tout, ton absence. C'est étrange, je n'arrive pas à me rappeler la dernière fois où j'ai pleuré avant de te rencontrer. Alors qu'aujourd'hui j'ai l'impression d'avoir constamment la larme à l'œil... Je ne sais comment tu t'y prends, mais on dirait que tu as le talent de faire de mes chagrins une expérience valable, de m'expliquer tout d'une façon telle que ma douleur s'estompe. Tu es un trésor, un don du ciel, et j'ai bien l'intention, quand nous serons de nouveau réunis, de te serrer contre moi jusqu'à ce que mes bras n'aient plus de force. Penser à toi est parfois la seule chose qui me fasse tenir debout.

Non, se dit Adrienne, les yeux fixés sur le lointain visage de la lune, jamais elle ne retrouverait un homme comme Paul. Et, tandis qu'elle appuyait la tête contre le carreau frais, elle sentit la présence d'Amanda derrière elle. Elle poussa un soupir. Il était temps de finir le récit entamé.

– Il devait venir fêter Noël ici, dit-elle d'une voix si faible qu'Amanda dut tendre l'oreille pour l'entendre. Tout était organisé. J'avais retenu une chambre pour lui à l'hôtel ; ainsi, nous aurions pu passer ensemble la première nuit de son retour. J'avais même acheté une bouteille de pinot grigio. Elle fit une pause. Il y a une lettre de Mark dans la boîte sur la table. Tout y est expliqué.

– Qu'est-ce qui s'est passé ?

Adrienne se retourna enfin. Ses traits, bien qu'à demi dans le noir, exprimaient une telle douleur qu'Amanda se sentit subitement glacée.

La réponse ne vint pas tout de suite. Puis les mots voguèrent jusqu'à elle dans l'obscurité de la pièce, à peine un murmure.

– Tu ne t'en doutes pas ?

17.

Le papier, nota Amanda, était le même que celui utilisé par Paul pour sa lettre d'au revoir à Rodanthe.

Comme ses mains tremblaient légèrement, elle les posa à plat sur la table puis, avec un grand soupir, elle baissa les yeux sur la lettre.

Chère Adrienne,

Je suis assis devant cette feuille de papier et j'hésite, ne sachant par où commencer une lettre comme celle-là. Surtout que nous ne nous sommes jamais rencontrés, même si mon père m'a souvent parlé de vous, mais ce n'est pas pareil. D'un certain côté, je préférerais vous voir en personne. Cependant, mon état de santé ne me permet pas encore de faire le voyage. Je me retrouve donc à chercher mes mots sans bien savoir s'ils sauront vous faire comprendre la situation.

J'aurais peut-être dû vous appeler, mais je me suis dit que cela ne serait pas plus facile pour vous d'entendre ce que j'ai à vous dire que de le lire de vos yeux. Je n'ai pas encore bien réalisé moi-même, et c'est aussi pour cela que je préfère vous écrire.

Je sais que mon père vous a parlé de moi. Je crois que vous devez connaître l'histoire de mon point de vue à moi. C'est important, car cela vous donnera, je l'espère, une bonne idée de l'homme qui vous aimait.

Comprenez que j'ai grandi sans père. Bien sûr, il vivait à la maison ; bien sûr, il veillait à notre bien-être, à ma mère et à moi, mais il n'était jamais là, sauf pour me gronder quand j'avais une mauvaise note sur mon bulletin scolaire. Tous les ans, mon école organisait une fête de la science. J'y ai participé systématiquement, du jardin d'enfants à la seconde. Mon père n'y a pas assisté une seule fois. Il ne m'a jamais emmené à un match de base-ball, n'a jamais joué au ballon avec moi dans le jardin et ne m'a jamais emmené faire de balade à vélo. Je crois qu'il vous en a parlé un peu. Mais vous pouvez me faire confiance quand j'affirme que ce fut mille fois pire que tout ce qu'il a pu vous raconter. Je suis parti pour l'Équateur en souhaitant ne jamais le revoir de ma vie.

Et voilà qu'il décide de venir ici, pour être avec moi ! Étant donné son arrogance, vous imaginez bien que j'en étais venu à le détester. Dans mon esprit, c'était le désir de m'humilier qui le poussait à venir, et je le voyais déjà jouant au père idéal, me distribuant ses conseils dont je n'avais ni envie ni besoin, réorganisant tout à sa façon sous prétexte d'optimiser notre travail et proposant toutes sortes de solutions géniales pour nous simplifier la tâche. Et, surtout, évoquant à tout instant ses multiples bienfaits sans lesquels notre équipe de volontaires n'aurait jamais pu s'installer ici. Bienfaits dont il s'était toujours assuré que la presse se faisait l'écho car, voyez-vous, mon père adorait voir son nom dans le journal. Il était on ne peut plus conscient de ce qu'une bonne pub pouvait lui rapporter, à lui seul ou à son cabinet. Avant son arrivée, j'en étais à penser sérieusement à plier bagage pour rentrer chez moi. Qu'il reste ici tout seul ! J'avais préparé une bonne douzaine de réponses pour chaque question qu'il me poserait. Tu *me fais tes excuses ? Elles viennent un peu tard ! Tu es heureux de me voir ? J'aimerais pouvoir en dire autant ! On pourrait peut-être parler ensemble ? Je ne crois pas que ce soit une bonne idée ! Mais voilà, il ne m'a dit aucune de ces phrases, il m'a juste lancé « Salut ! » et, devant ma réaction, a préféré battre en retraite. De toute la première semaine de son séjour, nous n'avons pas eu d'autre contact.*

Les choses ne se sont pas améliorées tout de suite. Pendant des mois, j'ai continué à croire que ses vieilles habitudes allaient le reprendre. Je l'observais, prêt à faire feu de tout bois. Mais non. Il ne se plaignait jamais, ni de la quantité de travail ni des conditions ; il ne donnait son avis que lorsqu'il était directement interrogé. Et il ne s'est pas vanté une fois, ni n'a rien fait qui puisse donner à entendre qu'il était à l'origine du renouvellement du stock de médicaments et de l'envoi de ces nouveaux équipements qui nous manquaient tellement. Le directeur de l'hôpital a quand même fini par deviner que tout cela venait de lui.

Pas une seule fois il n'a cherché à donner de nos rapports une image enjolivée, et c'est, je crois, ce que j'ai le plus apprécié. Pendant des mois, nous n'avons pas été amis. Je ne le traitais pas en père et lui n'essayait pas de m'y forcer. Pas une seule fois il ne m'a harcelé de son prétendu amour mais, au contraire, m'a laissé une entière liberté. C'est ainsi, je crois, que j'en suis venu à baisser la garde peu à peu.

Ce que j'essaie de vous faire comprendre, c'est que mon père était devenu un autre homme. Petit à petit, je me suis mis à considérer qu'il méritait peut-être que je lui donne une nouvelle chance. Certains de ces changements, je le sais, avaient commencé à se manifester avant qu'il ne vous rencontre, mais c'est grâce à vous que mon père est devenu un homme différent. Avant de vous connaître, il était en quête de quelque chose. Il l'a trouvé quand vous êtes entrée dans sa vie.

Mon père parlait de vous tout le temps, et j'imagine qu'il a dû vous écrire des milliers de lettres. Il vous aimait, mais vous le savez forcément. Ce que vous ne savez peut-être pas, c'est qu'avant de vous rencontrer je crois qu'il ignorait le sens du mot « aimer ». Mon père a accompli beaucoup de choses dans sa vie, pourtant je suis sûr qu'il les aurait toutes données pour vivre avec vous. Croyez bien qu'il ne m'est pas facile de vous dire cela, compte tenu qu'il a été marié à ma mère, mais je pense que c'est bien que vous le sachiez. Et je suis sûr qu'il serait heureux de savoir que j'ai compris combien vous comptiez pour lui.

D'une certaine façon, vous avez transformé mon père. Grâce à vous, je n'échangerais pour rien au monde l'année qui vient de s'écouler. Je ne sais pas comment vous vous y êtes prise, mais vous en avez fait un homme qui me manque. Vous l'avez sauvé, et, ce faisant, je crois que vous m'avez sauvé aussi.

Vous savez, c'est à cause de moi qu'il est allé cette nuit-là au dispensaire dans la montagne. Le temps était épouvantable. Il pleuvait depuis des jours, les routes étaient noyées sous la boue. Quand j'ai fait savoir par radio que je ne pouvais pas rentrer à la base parce que ma voiture ne démarrait pas et qu'on craignait un important glissement de terrain, il a sauté dans une jeep pour venir me chercher malgré l'interdiction du directeur. Quand je l'ai vu arriver, au volant de la voiture, venu me porter secours, je crois bien que pour la première fois de ma vie j'ai pensé à lui comme à un papa. Jusque-là, il avait toujours été mon père, jamais mon papa, si vous voyez ce que je veux dire.

Nous avons réussi à nous enfuir juste à temps. La minute d'après, il y a eu un grondement terrifiant et tout un pan de la montagne s'est écroulé sur le dispensaire. Je me rappelle encore le regard que nous avons échangé, effarés d'être sains et saufs.

J'aimerais pouvoir vous raconter ce qui s'est produit après, mais j'en suis incapable. Papa conduisait en faisant très attention. Nous étions presque arrivés à la base, on voyait déjà les lumières de l'hôpital en bas, dans la vallée. Soudain, dans un virage, la jeep a commencé à déraper et, tout d'un coup, nous nous sommes retrouvés en train de dévaler la montagne.

Moi, je n'avais rien de bien grave, juste un bras et plusieurs côtes cassés. Papa, lui, était beaucoup plus sévèrement touché. Je l'ai compris tout de suite. Je me souviens que je lui ai crié de tenir bon, que j'allais chercher des secours. Il m'a pris la main pour me retenir. Je crois qu'il savait qu'il n'en avait plus pour longtemps et voulait que je reste près lui.

Et ce père qui venait juste de me sauver la vie m'a demandé pardon.

Il vous aimait, Adrienne. Je vous en prie, ne l'oubliez jamais. Il n'avait passé qu'un court moment avec vous, mais il vous adorait, et j'éprouve une grande peine pour vous. Quand ce sera dur pour vous comme ça l'est pour moi aujourd'hui, dites-vous bien qu'il aurait fait la même chose pour vous. Quant à moi, grâce à vous, j'ai eu la chance de connaître enfin mon père et de l'aimer.

Je ne vous en remercierai jamais assez.

Mark Flanner

Amanda reposa la lettre sur la table. L'obscurité avait presque entièrement envahi la cuisine. Le silence était total, troublé seulement par le bruit de sa propre respiration. Sa mère était restée au salon, perdue dans ses pensées. Amanda replia la lettre, pensant à Paul, à sa mère et, bizarrement, à Brent, son mari.

Non sans effort, elle parvint à se rappeler le Noël de cette année-là, quatorze ans plus tôt, les silences de sa mère, ses sourires qui semblaient toujours un peu forcés et ses larmes – des larmes qu'elle-même, Amanda, avait cru causées par le départ de son père.

Et, durant toutes ces années jusqu'à aujourd'hui, Adrienne n'avait rien dit !...

Brusquement, Amanda sut en toute certitude que le plus important n'était pas le nombre d'années vécues avec quelqu'un. La mort de Paul avait frappé sa mère aussi intensément que celle de Brent l'avait touchée, elle, quand elle s'était assise à son chevet, la toute dernière fois.

La seule différence était que le destin n'avait pas permis à sa mère de faire ses adieux à son amour.

Quand les sanglots étouffés de sa fille lui parvinrent dans le salon, Adrienne quitta sa place près de la fenêtre et revint à la cuisine. Incapable de dire un mot, Amanda leva vers elle des yeux emplis d'une angoisse indicible.

Adrienne resta sur le seuil à regarder sa fille. Enfin, elle ouvrit les bras. Amanda vint s'y blottir instinctivement sans plus chercher à refouler ses larmes. Debout dans la cuisine, la mère et la fille demeurèrent un long, long moment à s'étreindre.

18.

L'air ayant fraîchi, Adrienne avait allumé des bougies pour donner à la cuisine un sentiment de chaleur et de clarté. Rassise à la table, elle avait rangé la lettre de Mark dans la boîte contenant le mot de Paul et sa photo. Les mains sur les genoux, Amanda l'avait regardée faire, apaisée.

– Comme je suis triste pour toi, maman ! dit-elle d'une voix douce. Triste pour tout. Triste que tu aies perdu Paul, et triste que tu aies dû supporter toute seule ton chagrin. Cela a dû être terrible de conserver un tel secret pour toi, je ne sais pas comment tu as fait.

– Moi non plus.

– Et pourtant tu l'as fait, fit Amanda tout bas en secouant la tête.

– Oui, mais pas toute seule. Si j'ai survécu, c'est parce qu'on m'y a aidée.

Elle répondit par un sourire empreint de mélancolie au regard intrigué d'Amanda.

– Granpa, dit-elle enfin. Mon père. C'est auprès de lui que j'ai pleuré. Pleuré chaque jour pendant des semaines. Sans lui, je ne sais pas ce que je serais devenue.

– Mais..., fit Amanda, et sa voix traîna sur le mot sans qu'elle ose terminer sa phrase.

– Parce qu'il ne parlait plus, tu veux dire ? enchaîna Adrienne pour venir à sa rescousse. Elle fit une pause. Il n'avait pas besoin de me dire quoi que ce soit, il m'écoutait. C'est ce dont j'avais le plus besoin. De toute façon, même s'il avait pu parler, rien de ce qu'il aurait dit n'aurait effacé ma douleur. Elle leva sur sa fille un regard qui ne cillait pas. Tu le sais aussi bien que moi.

Amanda se mordit les lèvres.

– Dommage que tu ne m'aies rien dit. Avant aujourd'hui, je veux dire.

– Par rapport à Brent ?

Amanda hocha la tête.

– Je sais, dit Adrienne, mais tu n'étais pas prête à entendre. Tu avais besoin de temps, tu devais venir à bout de ton chagrin à ta façon et dans les termes qui étaient les tiens.

Amanda garda le silence un long moment.

– Paul et toi... Brent et moi... c'est tellement injuste, soupira-t-elle.

– Non, ça ne l'est pas.

– Comment as-tu fait pour continuer à vivre, après ?

Adrienne eut un sourire mélancolique.

– J'ai pris les jours à mesure qu'ils se présentaient. C'est toi qui m'avais donné ce conseil, tu te rappelles ? Tu vas voir, c'est tout bête. Le matin, en me réveillant, je me promettais d'être forte toute la journée. Rien que ce jour-là. Le lendemain, je recommençais. Et le jour d'après, pareil.

– À t'écouter, ça paraît simple, murmura Amanda.

– Simple mais pas facile, tu peux me croire. Au

contraire, cette période de ma vie a été la plus pénible.

– Plus encore que lorsque papa est parti ?

– À ce moment-là aussi j'ai souffert, mais c'était différent. Adrienne adressa un bref sourire à sa fille. C'est toi qui m'avais donné la recette, tu ne t'en souviens pas ?

Si, se dit Amanda tout bas. Détournant le regard, elle soupira.

– Je regrette de ne pas l'avoir connu.

– Oh, tu l'aurais aimé. Avec le temps, bien sûr, pas tout de suite, je ne crois pas. Tu espérais trop le retour de ton père.

Instinctivement, Amanda se mit à tourner son alliance autour de son doigt. Son visage impassible avait quelque chose d'un masque.

– Tu as connu bien des pertes au cours de ta vie.

– Oui, pas mal.

– Pourtant tu parais heureuse aujourd'hui, véritablement.

– Je le suis.

– Comment fais-tu ?

Adrienne joignit les mains.

– J'ai toujours de la peine, bien sûr, quand je pense aux années que nous aurions pu vivre ensemble, Paul et moi. À l'époque, sa disparition m'a désespérée, elle me désespère autant aujourd'hui. Mais, vois-tu, je ne donnerais pour rien au monde ces quelques jours passés avec lui, quand bien même je leur dois mon chagrin, mon désespoir et cet affreux sentiment d'injustice.

Elle fit une pause pour s'assurer que sa fille la comprenait bien.

– Dans sa lettre, Mark prétend que j'ai sauvé Paul de lui-même. S'il me demandait mon avis, je lui dirais que nous nous sommes sauvés mutuellement, que Paul m'a sauvée lui aussi. Si je ne l'avais pas connu, je ne suis pas sûre que j'aurais été capable de pardonner un jour à Jack, d'être la mère que j'ai été et la grand-mère que je suis aujourd'hui. Grâce à lui, je suis revenue à Rocky Mount forte de la certitude que je serais solide, que tout irait bien et que je m'en sortirais, quoi qu'il arrive. Cette année passée à nous écrire m'a donné, le moment venu, le courage de supporter sa disparition. Oui, j'ai été désespérée. Pourtant, si c'était à refaire en toute connaissance de cause, en sachant à l'avance l'issue qui m'attend, je lui dirais quand même d'aller rejoindre son fils en Équateur. Il ne pouvait pas continuer à vivre sans avoir de rapports avec lui, et Mark aussi avait besoin de son père. Depuis qu'il était né. Et il n'était pas trop tard.

Comprenant le sous-entendu contenu dans la phrase de sa mère, Amanda détourna les yeux. Ce qu'Adrienne disait s'appliquait également à Max et à Greg, ses enfants à elle.

– C'est ça, la raison première pour laquelle j'ai voulu te raconter mon histoire, poursuivait Adrienne. Pas seulement à cause de ce que tu traverses en ce moment, mais pour que tu comprennes l'importance qu'avait pour Paul sa relation avec son fils. Et combien il était important que Mark en prenne conscience. Ces blessures-là sont bien difficiles à guérir. Je ne voudrais pas que tu les connaisses, en plus de celle que tu connais déjà.

Tendant le bras par-dessus la table, Adrienne saisit la main de sa fille.

– Je sais que tu souffres toujours parce que Brent n'est plus et je ne peux rien faire pour te consoler. Si Brent était là, il serait le premier à te dire de ne pas t'enfermer dans sa mort, mais de te concentrer plutôt sur vos enfants. Il voudrait que tu te rappelles uniquement vos bons moments, que tu oublies les mauvais. Et, par-dessus tout, il voudrait que tu ailles bien.

– Je sais...

Adrienne interrompit sa fille d'une pression sur ses doigts.

– Tu es plus forte que tu ne le penses, mais seulement si tu le veux bien.

– Ce n'est pas facile.

– Non, je sais. Mais je ne parle pas des émotions, de celles qu'on ne peut pas contrôler, comprends-moi bien. Tu continueras à pleurer, tu passeras encore par des moments où vivre te semblera impossible. Mais voilà, tu devras faire comme si c'était possible, justement. Et, dans ces moments-là, les seules choses ou presque sur lesquelles on a encore un peu de pouvoir sont les choses du quotidien. Elle fit une pause. Tes enfants ont besoin de toi, Amanda, encore plus qu'avant, si tu veux mon avis. Mais, toi, ces derniers temps, tu n'es pas auprès d'eux. Je sais que tu souffres et je compatis à ta peine, mais tu es une maman à présent, tu ne peux pas continuer à te comporter de la sorte. Brent ne l'aurait pas voulu et tes enfants en souffrent.

Adrienne se tut, Amanda semblait plongée dans l'examen de la table. Enfin, d'un mouvement effectué presque au ralenti, elle releva la tête et dirigea son regard vers le haut.

À quoi pouvait-elle bien penser ? se demanda Adrienne. Elle aurait tant donné pour le savoir.

De retour chez elle, Amanda trouva son frère Dan en train de plier la dernière serviette de toilette en regardant la télé. Tous les vêtements du bac à linge étaient triés et rangés devant lui sur la table basse en piles bien séparées. Machinalement, il attrapa la télécommande pour baisser le son.

– Je commençais à trouver le temps long, dit-il.

– Salut ! dit Amanda en fouillant des yeux la pièce. Où sont les garçons ?

Dan désigna le plafond du menton et posa la serviette verte sur le dessus de la pile.

– Je viens de les coucher. Ça m'étonnerait qu'ils dorment déjà. Vas-y si tu veux leur souhaiter bonne nuit...

– Et tes gosses à toi ?

– Je les ai déposés à la maison avec Kira sur le chemin du retour. Juste pour que tu saches, Max a fait tomber de la sauce tomate sur sa chemise Scooby-Doo. Vu son désespoir, ça doit être sa préférée. Je l'ai mise à tremper dans l'évier, mais je n'ai pas trouvé le détachant.

Amanda hocha la tête.

– J'en achèterai ce week-end. Il faut que j'aille faire un marché. Il n'y a plus rien, ici.

Dan regarda sa sœur.

– Fais une liste, Kira prendra ce qui te manque. Je sais qu'elle doit aller au supermarché.

– T'es sympa, mais il est temps que je commence à refaire surface.

– Ça, c'est sûr...

Il accompagna sa phrase d'un sourire hésitant. Le frère et la sœur gardèrent le silence pendant un moment.

– Merci d'avoir pris les garçons, dit enfin Amanda.

– Pas de problème ! répondit Dan avec un haussement d'épaules désinvolte. On y allait de toute façon, je me suis dit que ça les amuserait.

– Non ! le coupa Amanda d'une voix grave. Je te

disais merci pour toutes les fois où tu t'es occupé d'eux, pas seulement aujourd'hui. Vous avez été super, Mat et toi, depuis... depuis que Brent n'est plus là. Et je crois bien que je ne vous l'ai jamais dit.

À la mention du nom de Brent, Dan avait détourné les yeux. Attrapant le panier à linge vide, il répliqua :

— À quoi bon les tontons, sinon, pas vrai ?

Le panier dans les bras, il ajouta, en se balançant d'un pied sur l'autre :

— Tu veux que je les prenne encore demain ? Je comptais emmener mes mouflets faire une balade à vélo.

Amanda secoua la tête.

— Merci, mais je crois que ce n'est pas la peine.

Dan regarda sa sœur d'un air perplexe. Amanda ne parut pas le remarquer. Retirant sa veste, elle la déposa sur un fauteuil avec son sac.

— J'ai beaucoup parlé avec maman, ce soir.

— Ah bon ? Et ça s'est bien passé ?

— Si je te racontais ce qu'elle m'a dit, tu n'en croirais pas tes oreilles.

— Et c'était quoi ?

— Fallait être là. En tout cas, j'ai découvert une chose sur elle.

Dan leva un sourcil, attendant la suite.

— C'est qu'elle est vachement plus costaud qu'elle n'y paraît.

Dan éclata de rire.

— Tu parles d'une dure à cuire ! Elle a versé toutes les larmes de son corps quand le poisson rouge est mort.

— Peut-être, mais, en d'autres circonstances, j'aimerais avoir sa force.

— Ben voyons !

À l'air grave de sa sœur, Dan comprit que l'humour n'était pas de mise. Plissant le front, il dit :
– Attends, tu parles bien de notre maman à nous ?

Peu après, Dan rentrait chez lui sans avoir réussi à arracher un mot à sa sœur. Amanda avait parfaitement compris pourquoi Adrienne avait choisi de se taire, à l'époque et depuis. Ce n'était pas à elle de raconter à ses frères l'histoire de leur mère, c'était à Adrienne. À elle de décider quand et pourquoi.

Dan parti, Amanda referma la porte et considéra le salon. Son frère ne s'était pas contenté de plier les vêtements propres, il avait tout mis en ordre : rangé les vidéos éparpillées près de la télé, emporté à la cuisine les tasses vides rassemblées sur la desserte et empilé les journaux et les magazines qui s'entassaient en vrac depuis bientôt un an sur le bureau près de la porte.

Dan s'était occupé de tout. Une fois de plus.

Tout en éteignant les lumières, Amanda se mit à réfléchir à Brent qui n'était plus, à la façon dont elle avait passé les huit mois depuis sa mort, et à ses enfants, Greg et Max, qui dormaient en haut dans la même chambre, en face de la sienne, à l'autre bout du couloir. Une distance si grande aux yeux d'Amanda qu'en fin de journée elle n'essayait même plus de la franchir. Du vivant de Brent, elle récitait la prière du soir avec ses garçons, leur lisait une histoire pour qu'ils s'endorment et les bordait dans leurs lits en remontant bien haut la couverture sous leur menton.

Ce soir, c'était son frère qui s'en était chargé. Hier, personne ne l'avait fait.

Amanda monta à l'étage. La maison était plongée dans l'obscurité, le palier du premier était noir comme un four. Arrivée en haut des marches, elle entendit des chuchotements étouffés. Elle suivit le couloir jusqu'à la chambre des enfants et passa un œil par la porte entrouverte.

Les garçons dormaient dans des lits jumeaux sous des couettes où s'ébattaient dinosaures et formules 1. L'espace entre les lits était jonché de jouets. Près de l'armoire, une lampe de chevet jetait une lumière diffuse. Ils ressemblaient tellement à leur père ! se dit-elle.

Les enfants, se sachant observés, s'étaient immobilisés pour faire croire qu'ils étaient endormis. Comme si se cacher d'elle, leur mère, les rassurait !

Le plancher grinça sous les pas d'Amanda. Max donnait l'impression de retenir son souffle. Greg lui jeta un coup d'œil et referma bien vite les paupières quand elle s'assit sur son lit.

Elle posa un baiser sur sa joue et passa la main dans ses cheveux.

– Hé, chuchota-t-elle. Tu dors ?

– Oui.

Amanda lui sourit.

– Tu veux dormir avec maman dans le grand lit ce soir ?

Pendant quelques secondes, Greg sembla ne pas comprendre.

– Avec toi ? dit-il enfin.

– Oui.

– Ouais !

Amanda l'embrassa encore et le regarda s'asseoir dans son lit. Elle s'avança vers le lit de Max. Dans la lumière qui tombait de la fenêtre, ses cheveux d'or lui faisaient comme une couronne de Noël.

– Coucou, mon poussin.

Max déglutit, sans ouvrir les yeux pour autant.

– Je peux venir aussi ?

– Si tu en as envie.

– Chic, alors !

Amanda les regarda se lever en souriant. Ils se dirigeaient déjà vers la porte quand elle les attira vers elle pour les embrasser tous les deux. Ils sentaient le petit garçon : mélange de terre et de gazon. L'innocence même.

– Ça vous dirait d'aller au parc, demain ? Après, on pourrait aller prendre une glace.

– On pourra emporter nos cerfs-volants ? demanda Max.

Les yeux fermés, Amanda les serra contre elle.

– Toute la journée. Et après-demain aussi, si vous voulez.

19.

Il était minuit passé, maintenant, et Adrienne caressait sa conque, assise sur le lit dans sa chambre. Dan l'avait appelé une heure plus tôt pour lui parler d'Amanda.

– Elle m'a dit qu'elle voulait sortir avec les garçons demain, rien qu'eux trois. Qu'ils avaient besoin de passer du temps avec leur maman. Il fit une pause. Je ne sais pas ce que tu lui as dit, mais visiblement ça a marché.

– Tant mieux.

– Alors, qu'est-ce que tu lui as dit ? Elle a été, comment dire, plutôt réservée sur le sujet.

– Ce que je lui dis depuis le début. La même chose que vous lui dites, Mat et toi.

– Alors, pourquoi elle t'a écoutée, cette fois-ci ?

– Probablement parce qu'elle a bien voulu entendre, répondit Adrienne en détachant les syllabes.

Ayant raccroché, Adrienne avait entrepris de relire les lettres de Paul, comme elle s'était promis de le faire avant l'arrivée d'Amanda. Déchiffrer à travers ses larmes ce que Paul lui avait écrit n'était pas facile, mais ce n'était rien comparé à la difficulté de se plonger à nouveau dans ses propres lettres à

Paul, ces lettres innombrables qu'elle lui avait écrites au cours de leur année de séparation et qui constituaient la deuxième pile du coffret. Mark Flanner les lui avait apportées quand il était venu la voir chez elle, deux mois après l'enterrement de Paul en Équateur.

Ce soir, Amanda ne lui avait pas posé de questions sur cette visite et Adrienne n'avait pas jugé nécessaire de revenir sur le sujet. Sa fille finirait bien par l'interroger un jour ou l'autre. Pour le moment, Adrienne n'avait pas vraiment envie d'en parler. C'était une partie de l'histoire qu'elle avait conservée pour elle-même tout au long des années, qu'elle avait tenue sous clef, comme ces lettres. Même son père n'en avait rien su.

Adrienne se leva de son lit et, dans la pâle lueur du réverbère, prit une veste et une écharpe dans l'armoire et descendit au rez-de-chaussée. Elle sortit dans le jardin par la porte de derrière.

La nuit était froide et humide et le ciel constellé d'étoiles étincelait comme la cape d'un magicien. Le noir ébène du firmament se réfléchissait dans les flaques de pluie. De la lumière brillait aux fenêtres des voisins et l'air avait presque une odeur de sel. À croire que des embruns lui parvenaient des pelouses voisines. L'imagination d'Adrienne lui jouait des tours.

C'est par un matin de février que Mark était venu la voir. Il avait le bras en écharpe. Elle s'en était à peine rendu compte, tellement elle s'était concentrée sur son visage, incapable d'en détacher les yeux. Mark était la copie de son père. En voyant son sourire triste, elle avait retenu un mouvement de recul et un sanglot.

Ils s'étaient attablés dans la cuisine devant un café et Mark avait sorti les lettres de sa sacoche.

– Il les avait conservées. Je ne savais pas quoi en faire, sinon vous les remettre.

Adrienne avait hoché la tête et dit, en les prenant :

– Je vous remercie de votre lettre. Ça n'a pas dû être facile pour vous de l'écrire.

– Je vous en prie, avait répondu Mark, et il avait gardé le silence un long moment.

Ensuite, de façon très naturelle, il avait exposé les raisons de sa venue.

Au souvenir de ce que Paul avait fait pour elle, Adrienne sentit ses lèvres esquisser un sourire. À peine Mark parti, elle avait filé voir son père à la clinique, cette maison de soins médicalisés qu'il n'aurait pas besoin de quitter. Car Paul, comme Mark le lui avait expliqué dans la cuisine, s'était organisé pour prendre en charge tous ses frais d'hospitalisation jusqu'à la fin de sa vie. Et, s'il n'en avait pas touché mot à Adrienne, c'est parce qu'il voulait lui en faire la surprise.

Elle avait voulu protester, refuser le cadeau, mais Mark lui avait dit clairement qu'il en aurait le cœur brisé.

– Je vous en prie, avait-il ajouté en conclusion, c'était la volonté de papa.

Adrienne chérirait ce dernier geste de Paul, comme elle chérissait le moindre souvenir des quelques jours passés avec lui. Paul était tout pour elle, et il le serait éternellement. Aujourd'hui, dans l'air froid de cette nuit d'hiver, elle se dit que rien ne changerait jamais ses sentiments pour lui.

Arrivée à un âge, Adrienne avait vécu plus d'années qu'il ne lui en restait à vivre. Pourtant, il lui semblait que ces soixante ans avaient duré le temps d'un clin d'œil. Des périodes entières de sa vie s'étaient enfuies de sa mémoire, effacées comme s'efface l'empreinte des pas sur le sable. Au point qu'elle avait parfois l'impression d'avoir traversé sans même s'en rendre compte, comme un enfant à la fenêtre d'une voiture regarde le paysage défiler devant ses yeux.

L'espace d'un week-end, elle avait aimé un inconnu et elle n'aimerait plus jamais, voilà tout. Son désir d'amour gisait sur un pan de montagne, quelque part en Équateur. Paul était mort pour sauver son fils et une partie d'Adrienne était morte en même temps.

Elle n'en éprouvait pas d'amertume. Dans la même situation, elle aussi aurait tout fait pour sauver son enfant. Paul s'en était allé, oui, mais en lui laissant une immense richesse : en lui apportant l'amour et la joie, en lui faisant découvrir en elle une force qu'elle ignorait posséder. Cela, rien ni personne ne pourrait jamais le lui retirer.

Et rien ni personne ne lui arracherait non plus ses souvenirs, ces souvenirs qu'elle avait assemblés avec un soin infini et qui étaient aussi tangibles que cette véranda dans laquelle elle se tenait maintenant. Refoulant ses larmes qui coulaient depuis un bon moment, depuis qu'elle avait commencé à relire ses lettres à Paul dans le désert obscur de sa chambre, elle releva le menton et, les yeux fixés au ciel, prit une profonde inspiration.

Alors, ses oreilles s'emplirent de l'écho lointain des vagues soulevées par la tempête et venant se briser, la nuit, sur une plage de Rodanthe.

Remerciements

Comme tous mes romans, celui-ci n'aurait pu être écrit sans la patience, l'amour et le soutien de ma femme Cathy dont la beauté ne cesse de croître avec les années. Ce livre étant dédié à mes trois autres enfants, je me dois de mentionner ici Miles et Ryan (à qui *Une bouteille à la mer* était déjà dédié). Salut, les gars. Papa vous aime.

Je voudrais également remercier Theresa Park et Jamie Raab, respectivement mes agent et éditeur. Outre leur formidable intuition, ils possèdent une rigueur insigne en matière d'écriture. Je renâcle souvent devant leurs exigences, mais si le résultat est ce qu'il est, c'est bien à cause et grâce aux défis qu'ils me lancent.

Larry Kirshbaum et Maureen Egen, de Warner Books, méritent tout autant ma gratitude. Chaque fois que je vais à New York et que j'ai l'occasion de passer du temps avec eux, j'ai l'impression d'être en famille. Ils ont fait de Warner Books pour moi non pas ma maison d'édition, mais ma maison tout court.

Denise Di Novi, productrice d'*Une bouteille à la mer* et d'*Une promenade inoubliable*, est bien plus qu'une femme qui connaît les ficelles de son métier, c'est une personne de confiance et qui mérite toute mon estime. C'est surtout une grande amie et je ne lui dirai jamais assez merci pour tout ce qu'elle a fait et continue de faire pour moi.

Richard Green et Howie Sanders, mes agents à Hollywood, sont des amis géniaux, des gens super et des conseillers comme on en rencontre rarement. Merci, mes amis.

Quant à Scott Schwimer, mon avocat et ami, il est pour moi la plus fidèle des sentinelles. Merci !

Chez Warner Bros., je tiens à exprimer ma reconnaissance à Jennifer Romanello, Emi Battaglia et Edna Farley du département publicité, ainsi qu'à Flag et à son équipe du département illustration. Pour le cinéma, je remercie Courtenay Valenti et Lorenzo DeBonaventura, de Warner Brothers, de même que Hunt Lowry et Ed Gaylord II, de Gaylord Films, enfin Mark Johnson et Lynn Harris, de New Line Cinema. J'ai adoré travaillé avec eux tous. Merci à chacun d'entre vous.

Mandy Moore et Shane West ont tous deux été formidables dans *Une promenade inoubliable*, je les remercie de leur enthousiasme pour ce projet-ci.

Reste la famille, qui sera certainement ébahie de se retrouver mentionnée dans ces pages : Micah, Christine, Alli, et Peyton ; Bob, Debbie, Cody et Cole ; Mike et Parnell ; Henrietta, Charles et Glenara ; Duke et Marge ; Dianne et John ; Monte et Gail ; Dan et Sandy ; Jack, Carlin, Joe, Elaine et Mark ; Michelle et Lemont ; Paul, John et Caroline ; Tim, Joannie et Papa Paul.

Et, bien sûr, Paul et Adrienne. Comment pourrais-je les oublier ?

"Une blessure intime"

Les rescapés du cœur
Nicholas Sparks

À 29 ans, Denise Holton a choisi de sacrifier sa vie et ses rêves pour s'occuper de son fils, Kyle, qui souffre de graves problèmes de communication. Un jour, Denise est victime d'un accident de voiture. C'est Taylor, un pompier bénévole qui la découvre et l'emmène à l'hôpital. Très vite, un sentiment profond les unit. Pourtant, Taylor prend soudainement ses distances et s'enferme dans le silence. Mais Denise est bien décidée à découvrir ce qui l'empêche de s'abandonner à l'amour...

(Pocket n°11860)

Il y a toujours un Pocket à découvrir

Achevé d'imprimer sur les presses de

BUSSIÈRE

GROUPE CPI

à Saint-Amand-Montrond (Cher)
en mai 2004

POCKET - 12, avenue d'Italie - 75627 Paris Cedex 13
Tél. : 01-44-16-05-00

— N° d'imp. : 42682. —
Dépôt légal : juin 2004.

Imprimé en France

Achevé d'imprimer sur les presses de

BUSSIÈRE
GROUPE CPI
à Saint-Amand-Montrond (Cher)
en mai 2004

POCKET – 12, avenue d'Italie 75627 Paris Cedex 13
Tél. : 01-44-16-05-00

— N° d'imp. 42652. —
Dépôt légal : juin 2004.

Imprimé en France